KB274819

박근혜

조용한 혁명

프런티어

박근혜 조용한 혁명

지은이 | 고하승
펴낸이 | 김경태
펴낸곳 | 프런티어

제1판 1쇄 인쇄 | 2012년 1월 15일
제1판 1쇄 발행 | 2012년 1월 25일

등록 | 1967년 5월 15일(제2-315호)
주소 | 서울특별시 중구 중림동 441
전화 | (02)3604-553~6(기획출판팀)
　　　(02)3604-555, 595(영업마케팅팀)
팩스 | (02)3604-599
전자우편 | bp@hankyungbp.com

ISBN 978-89-475-2836-8 03810

박근혜
조용한 혁명

| 고하승 지음 |

프런티어

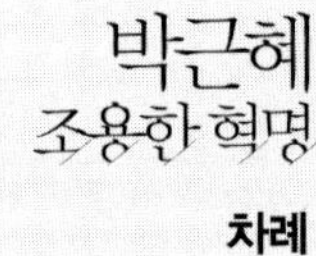

박근혜
조용한 혁명

차례

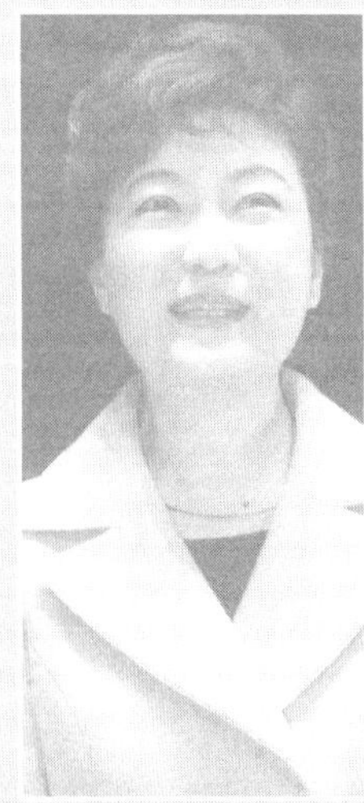

제1장

신비주의와 편견―그 실체로의 접근

신뢰와 원칙의 정치인 박근혜

박근혜에겐 신뢰와 원칙의 정치인이라는 꼬리표가 따라붙는다. 그만큼 원칙과 신뢰를 중시한다. 세종시 원안을 주도했던 그가 MB와 대립각을 세우면서까지 수정안을 무산시켰던 건 세종시 원안 고수가 바로 원칙의 문제였기 때문이다. 한미 자유무역협정(FTA)에 찬성한 것도 같은 맥락에서다. 박근혜에겐 "이렇게 하는 게 유리하다"는 말보다는 "이렇게 하는 게 옳다"고 얘기해야 한다는 측근들의 충고는 그의 원칙주의자적인 속성을 단적으로 보여준다.

원칙은 신뢰와 통한다. 이 두 가지는 진정성이 있을 때 가능하다. 5년여 만에 한나라당의 비상대책위원장으로 당의 전면에 복귀하면서 던진 화두 역시 신뢰였다. 그는 "재창당을 넘어서는 쇄신을 이룰 것"이라며 "형식보다는 진정성 있는 노력으로 국민의 신뢰를 얻는 게 중요하다"고 강조했다. 한나라당의 체질을 뼛속부터 바꾸겠다는 의지의 표현이다. 비록 손해를 보더라도 원칙과 신뢰를 지키는 정도를 걸어가겠다는 게 그의 생각이다.

이런 면모는 그가 걸어온 60년 인생과 맥이 닿아 있다. 그는 9세 때에 청와대에 들어갔다. 어린 시절부터 '큰 영애'로 불리며 공인의 삶을 살았다. 기억할 만한 사생활보다는 공인으로서의 삶이 그의 인생을 지배하다시피 했다. 부마사태 때는 부친인 박정희 대통령 면전에서 비서관에게 "특전단을 대학에서 당장 철수하라고 하세요"라고 말하는 대담한 모습을 보였다. 그는 대학시절 학생들이 말을 걸기에 부담스러울 정도로 단정했다고 한다. 동기 남학생이 박정희 정권에 반대하는 시위를 하다가 제적되자 어머니에게 얘기해서 그 학생을 취직시켜준 적도 있다고 한다. 박근혜의 삶은 인간적으로 행복했다고 보긴 어렵다. 그는 20대에 어머니와 아버지를 총탄에 보내야 했다. 이후 외로운 시간을 보냈다. 오랫동안 자택에 칩거했다. 정치를 시작하기 전까지 운둔의 삶을 살았다.

〈사기〉 ‘회음후열전’ 에, 천하의 영웅 부지 같은 젊은이의 바짓가랑이 밑으로 기어간 일화가 나온다.

한신이 회음 읍내를 지나가고 있을 때다.

읍내 푸줏간의 한 청년이 그의 앞길을 가로막으며 이렇게 말했다.

“이 봐, 넌 덩치는 큰 데다 칼까지 차고 다니지만 실상 겁이 많은 녀석일 거다. 죽는 것이 두렵지 않거든 어디 그 칼로 나를 찔러봐라. 만일 그런 용기가 없거든 내 바짓가랑이 밑으로 기어서 지나가야 한다.”

순간 한신은 난처했다. 밑도 끝도 없이 시비를 걸고 나선 청년이 죽이고 싶도록 미웠을 것이다.

그러나 그는 곧 땅바닥에 엎드려 그 철부지 청년의 가랑이 밑을 슬슬 기어 나갔다.

그런 모습을 지켜본 군중들은 한신을 향해 비겁자라고 손가락질하며 비웃었다.

뒷날 초나라 왕이 되어 돌아온 한신은 그 철부지 청년을 불러들였다. 그리고 수도경비관에 해당하는 벼슬을 그에게 주면서 말했다.

"이 사람은 장사다. 그 때 나를 모욕했을 때, 내가 어찌 죽일 수 없었겠는가. 단지 죽일 만한 명분이 없었기 때문에 참았을 뿐이다."

승상 소하는 이런 한신을 '국사무쌍(國士無雙)' 이라고 칭했다.

'나라에 둘도 없는 훌륭한 인물' 이라는 뜻이다.

실제 소하는 유방에게 "천하를 놓고 겨룰 생각이시면, 한신을 빼고는 상의할 사람이 없다"며 그에 대한 칭찬을 아끼지 않았다.

사람을 모욕하는 일은 쉽지만, 그 모욕을 참아내는 것은 결코 쉬운 일이 아니다.

그러나 한신은 참을 수 없는 굴욕을 참아내는 것으로 자신의 가치를 모든 사람에게 보일 수 있었다.

2010년 12월 19일.

한나라당은 박근혜를 비상대책위원장으로 추대했다.

사실상 '박근혜 호' 가 공식 출범하는 셈이다.

박근혜가 당의 전면에 등장한 것은 지난 2006년 6월 대표직에서 물러난 이후 5년 5개월 만의 일이다. 그동안은 주류 친이계가 당을 장악하고 있었기에, 사실상 박근혜의 역할은 극히 제한적일 수밖에 없었다.

그 기나긴 세월은 '한신의 굴욕'의 시간이자 '인내의 시간'이기도 했다.

실제, 5년 5개월간 이명박 대통령(이하 MB)과 당내 주류 세력의 주된 관심은 오직 '박근혜 견제'에 있었다. 그렇게 해서 만들어진 것이 이른바 '정운찬 카드'와 '김태호 카드' 였다.

당시 주류인 친이계는 정운찬을 총리로 영입해 '세종시 전투'에서 박근혜에 맞설 전사로 내보냈다. 정운찬을 차기 대권 주자로 성장시키겠다는 전략이다.

하지만 수정안이 박근혜의 거센 반대에 부딪혀 부결됐고, 정운찬은 10개월 만에 하차했다. 다급해진 친이계는 곧바로 마흔 살의 김태호를 총리후보로 발탁해 반전을 노렸다. 역시 세대교체 바람을 통해 '박근혜 독주'를 막겠다는 포석이었다. 하지만 김태호도 '박연차 덫'에 걸려 총리 자리에는 올라보지도 못하고, 불과 21일 만에 스스로 물러서야만 했다.

2009년 초겨울.

MB 정부와 한나라당은 물론 청와대까지 가세한 이른바 당·정·청이 세종시 수정안을 추진하기 위해 '똘똘' 뭉쳤다.

11월 8일 저녁, 삼청동 총리공관에서 당시 한나라당 대표로 있던 정몽준과 원내대표였던 안상수, MB가 박근혜를 견제하기 위해 총리로 내세운 정운찬을 비롯해 정정길 대통령실장, 주호영 특임장관 등 당·정·청 수뇌부 7인이 은밀하게 비공개

회동을 가졌다.

이날 모임은 세종시 수정안에 대해 '정치 신뢰' 문제를 거론하면서 '원안＋알파'가 돼야 한다는 입장을 밝힌 박근혜 전 한나라당 대표를 고립시키기 위한 것이었다. 한마디로 당·정·청이 하나 되어 박근혜를 여권 내에서 '왕따' 시키겠다는 전략이었다.

정부가 지역 민심이반, 말 바꾸기 논란을 감수하고, 정운찬이라는 '세종시 총리'를 임명해 가며 수정안을 추진한 까닭은 무엇일까? 그 이면엔 바로 차기 대권 힘겨루기가 있다.

아니나 다를까.

당·정·청 수뇌부 7인의 비공개 회동에서, '세종시 수정안을 조기에 마련해야 한다'는 결론이 내려졌다.

결국 정부는 2010년 1월 11일 행정부처 이전을 백지화하고 세종시를 '교육과학 중심 경제도시'로 건설하는 수정안을 발표했다. 산업과 연구기능을 대폭 갖춘 자족형 명품도시를 만들겠다며 '세종시 수정' 작업에 착수한 것이다.

민주당 등 야당은 "세종시 수정은 있을 수 없는 일"이라고 반발, 강력 저지에 나서겠다는 입장을 보였다. 그러나 거대여당을 상대하기는 역부족이었다.

이를 저지한 이가 있었으니, 바로 박근혜였다.

그는 당·정·청의 세종시 수정안 추진에 제동을 걸고 나섰다.

세종시 건설 현장을 방문, 연일 수정론에 힘을 싣고 있는 정운찬을 작심한 듯 비판하기도 했다.

"세종시는 국회가 국민과 충청도민에게 한 약속입니다. 세종시 문제를 개인적인 정치신념으로 폄하해선 안 됩니다. 행정복합도시라는 말 속에 문화시설과 교육, 과학 등을 다 포함한 자족기능이 들어가 있는 것입니다. 약속을 제대로 지키고 부족하면 플러스알파로 더 잘되게 해야지, 약속을 어겨서는 안 됩니다."

박근혜는 또 정운찬의 면담 제안에 대해서도 다음과 같이 일축했다.

"국민과의 약속이 얼마나 엄중한 것인지 모르고 하는 말입니다. 설득하고 동의를 구한다면 국민과 충청도민에게 해야지, 내게 할 일이 아닙니다."

당초 세종시 수정안 문제가 불거져 나왔을 때는, 이런 말로 반대 입장을 분명히 했었다.

"정치는 신뢰입니다. 세종시 추진으로 약속이 무너진다면 한나라당이 국민에게 무슨 약속을 할 수 있겠습니까. 이는 결국 당의 존립 문제입니다."

이처럼 세종시 수정안에 대한 입장을 분명히 하자 친이계는 일제히 박근혜를 향해 "제왕적 총재보다 더하다"고 비난했다. MB도 "잘되는 집안은 강도가 오면 싸우다가도 멈추고 강도를 물리친다"며 박근혜를 공격하기도 했다.

그러자 박근혜는 이렇게 맞받아쳤다.

"백 번, 천 번 맞는 이야기입니다. 그런데 집안에 있는 한 사람이 마음이 변해 갑자기 강도로 돌변한다면 어떡하겠습니까?"

이후 박근혜는 세종시 수정안 통과를 막기 위해 국회 본회의 반대토론에 나서기도 했다. 의정활동 시작 후 처음이었다.

당·정·청이 똘똘 뭉쳐 여론을 자신들의 편으로 되돌리려 애를 썼지만, 여론은 박근혜의 손을 들어주었다. 여론조사 결과 '국민의 다수가 세종시를 원안대로 건설하거나 확대 보완해야 한다'고 생각하는 것으로 나타났다.

중앙일보 조사연구팀이 전국의 만 19세 이상 남녀 800명을 대상으로 실시한 여론조사 결과 '원안과 원안＋알파를 지지'하는 응답자는 57.8%인 반면, '원안을 수정하자는 주장에 동조'한 응답자는 35.7%에 불과했다.

결국 세종시 수정안은 지난해 6월 29일 국회 본회의에서 찬성 105명, 반대 164명으로 부결됐다. 정운찬 국무총리는 세종시 수정안 부결에 책임을 지고 지난 7월29일 총리직을 사퇴하기에 이른다.

당시 지식경제부 장관으로 스스로를 '세종시 햄릿 장관'이라고 지칭했던 최경환 의원은 수정안 표결에 대해 이렇게 말했다.

"17대 국회에서 세종시 특위 한나라당 간사로 세종시 원안 도출을 이끌었습니다. 그래서 수정안에 찬성할 수 없는 입장

이었으나 장관이 정부 정책에 대놓고 반대할 수 없어 고민스
러웠습니다. 수정안 표결은 대통령 순방 수행으로 참석할 수
없었습니다. 만약에 참여했더라면 반대표를 던지고 장관직을
그만두지 않았을까, 지금도 그 생각만 하면 아찔합니다.”

원칙과 신뢰의 표상

　박근혜의 세종시 수정안 승리는 ‘원칙과 신뢰의 승리’로 불
렸다.
　앞서 이야기했듯 그 과정은 결코 순탄하지 않았다.
　한번은 박근혜와 정몽준이 이 문제를 놓고 이른바 ‘미생지
신(尾生之信)’ 공방을 벌였다.
　미생지신은 사마천의 사기에 처음 나온 말이다.
　춘추시대 노(魯)나라에 미생(尾生)이라는 사람이 있었다. 미
생은 사랑하는 여자와 다리 아래에서 만나기로 약속하고 기다
렸다. 그러나 여자는 오지 않았고, 소나기가 내려 물이 밀려와
도 끝내 자리를 떠나지 않고 기다리던 그는 마침내 교각을 끌
어안고 죽었다는 내용이다.
　이를 두고 두 가지 해석이 나왔다. 사기 소진편에는 이를
‘신의’로 해석했다.
　중국 춘추전국시대에 소진이란 자는 여러 제후들을 찾아다

니며 자신의 능력을 팔아 세상을 구하고자 하는 사람이었다. 연나라의 문후가 소진의 능력을 높이 사 발탁하려고 할 때, 주위에서는 처음 접하는 자인지라 그의 신의를 문제 삼았다. 그때 소진이 미생의 전설을 들려주었다.

"노나라 미생 이야기를 아실 것입니다. 그는 한번 맺은 약속을 꼭 지켜야 한다는 생각에, 비가 많이 와 무릎과 가슴까치 차올라도 그 자리를 떠나지 않고 여인을 기다렸습니다. 끝까지 다리에 매달려 기다리다 익사하고 만 것입니다."

소진이 미생지신의 이야기로 자신의 신의를 표현한 것이다. 그러자 문후가 크게 감격해서 그를 등용했고, 이후 중국에서 가장 큰 신의를 표할 때 미생지신이라는 말을 쓰게 되었다.

그런데 미생지신에는 이런 해석만 있는 게 아니었다.

장자는 공자의 말을 논하면서 미생지신을 다르게 해석했다.

도척편에서 '공자와 대화를 나누는 도척'의 입을 빌어 미생의 융통성 없고 어리석음을 통박한 것이다.

"이런 인간은 제사에 쓰려고 찢어발긴 개나 물에 떠내려가는 돼지, 아니면 쪽박을 들고 빌어먹는 거지와 다를 바 없다. 쓸데없는 명분에 빠져 소중한 목숨을 가벼이 여기는 인간은 진정한 삶의 길을 모르는 놈이다."

신의를 위해 쉽게 목숨을 버린 미생의 행동은 어리석은 행동으로 배울 가치가 없다는 것이다.

현대로 온 '미생지신'은 정몽준과 박근혜 앞에서 각각 다른 해석의 대상이 되었다.

2010년 1월 14일, 정몽준은 한나라당 최고위원회의에서 이렇게 꼬집었다.

"한나라당이 세종시 문제와 같은 현안에 심각한 내부 갈등을 보인다면 국민 입장에서 보통 큰 걱정거리가 아닐 수 없습니다. 의원들이 개개인의 입장을 버리고 국가 전체를 생각하면서 최선을 다하는 모습을 보일 때 신뢰는 새롭게 형성됩니다. 중국에 '미생지신'이라는 말이 있습니다. 미생이라는 젊은 사람이 애인과 약속을 지키기 위해 비가 많이 오는데도 다리 밑에서 기다리다가 결국 익사했다는 고사입니다."

그러자 박근혜가 반격에 나섰다.

2010년 1월 18일, 취업 후 학자금 상환제 처리를 위한 '원 포인트' 본회의 개회 직전 기자들과 만난 박근혜의 말이다.

"그분(정몽준)도 불과 얼마 전까지 원안 당론은 변화가 없다고 말한 것으로 기억합니다. 원안이 정말 나라를 위해 해서는 안 되는 것이라면, 그렇게 공언하면 안 됩니다. 의원 개인 생각이라면 모르겠으나 당 대표니까 문제가 됩니다. 한나라당이 국민의 신뢰를 잃는 것은 책임지셔야 될 문제입니다. 이런 식으로 가다가는 국민의 선택을 받기는커녕 공약조차 제대로 할 수 없는 당이 될 것입니다. 미생은 진정성이 있었습니다. 하여 미생은 비록 죽었지만 후에 귀감이 됐고, 애인은 평생 괴로움 속에서 손가락질 받으며 살았던 것입니다."

미생지신에 대해 '어리석음'을 강조한 정몽준과 '신의'를 강조한 박근혜.

결국 승리는 '신의'를 지킨 박근혜에게 돌아갔다.

세종시 수정안 승리 이후 언론의 관심은 온통 '박심(朴心, 박근혜 마음)'에 쏠렸다. 박근혜의 속내를 알아야만 향후 정치권이 어떤 방향으로 흘러갈지 예측 가능했기 때문이다.

"모든 길이 로마로 통하듯, 모든 정치는 박근혜로 통한다."

당시 각 언론사의 정치부 기자들 사이에서 유행했던 말이다.

실제로 언론은 앞 다퉈 '박심'을 분석하는 뉴스들을 잇달아 내보내고 있다.

그런데 불행하게도 홍수처럼 쏟아지는 그 많은 뉴스들 가운데, 박심을 제대로 파악한 뉴스는 손꼽을 정도에 불과했다. 한마디로 대부분의 뉴스가 '오보(誤報)'였다. 소위 메이저급 언론사의 베테랑 기자라고 자부하는 자들까지도 '오보' 행렬에 가세하고 있으니 딱한 노릇.

박근혜의 행보와 관련해서 유독 오보가 많은 이유는 무엇이었을까?

일선 기자들이나 데스크들이, 그동안 보아왔던 '보통의 정치인들과 박근혜 전 대표의 차이'를 제대로 인식하지 못하기 때문이었다.

대부분의 정치인들은 자신의 유·불리에 따라 그 행보가 결정되지만, 박근혜는 '원칙과 정도'에 따라 행보가 결정된다.

이 차이를 인식하지 못한 박심 분석 기사는 모두 오보일 수밖에 없다.

일례로 김무성 원내대표 추대론이 처음 언론에 등장할 때, 언론들은 마치 '다 된 밥'이라도 되는 양 추측 보도를 일제히 쏟아냈다. 친박계가 원내대표가 되면 박근혜가 당내 입지를 강화하는 데 도움이 될 것이기 때문에 반대하지 않을 것이란 분석 기사들이었다.

그러나 박근혜는 단호하게 "노"라는 의사를 표시했다.

김무성이 싫어서가 아니다. 이미 당헌당규에 따라 원내대표 경선에 나선 사람들이 있는데 밀실에서 대통령과 당 대표가 은밀하게 특정인에 대해 추대를 결정하고, 이를 무조건 따르라는 것은 원칙이 아니기 때문이었다.

이야말로 박근혜가 자신의 유·불리를 따지지 않았고 '원칙'을 지켰다는 명백한 증거다.

그의 '원칙'은 곳곳에서 빛을 발했다.

2011년 여름. 당시 한나라당 대표로 있던 홍준표는 박근혜의 말 한마디에 꼬리를 내리고 말았다.

홍준표가 7월 27일 지명직 최고위원으로 홍문표 한국농어촌공사 사장과 정우택 전 충북지사를 임명하려 했던 것이 발단이었다.

두 사람은 모두 충청권 인사였다.

그동안 한나라당은 지명직 최고위원으로 호남권 인사를 반드시 한 사람씩 임명해왔었다. 그런데 홍준표가 이 같은 관례를 깨려 했던 것이다. 사실상 '호남포기'를 공식화하려한 셈이다.

그러나 박근혜가 반대했다.

"한나라당은 전국 정당을 지향하는 당입니다. 그 정신에 맞게 지명직 최고위원도 결정하는 게 좋지 않을까요?"

결국 박근혜의 이 한마디로 지명직 최고위원은 충청권과 호남권 인사를 한 명씩 임명하는 쪽으로 가닥을 잡게 됐다.

박근혜의 이 같은 '원칙'은 친박계 의원들에게도 많은 영향을 미쳤다.

미국발 금융위기로 나라안팎이 시끄러울 때, 그는 이런 지적을 했다.

"미국발 금융위기는 국가경제에서 재정건전성이 가장 중요한 보루라는 점을 확인시킨 일입니다. 재정은 순식간에 악화할 수 있습니다. 정부는 중장기적 차원에서 재정건전화 계획을 세워 지속적으로 추진할 필요가 있습니다."

국회 국정조사특위 내 피해자 구제대책 소위가 '저축은행 사태 피해자에게 예금액 6000만 원까지 전액 보상하기로 합의'하고, 이에 대해 정의화 의원 등 한나라당 일각에서는 이를 적극 지지하고 나서자, 이때 제동을 걸고 나선 것도 친박계였다.

'재정건전성'이 우려되며, 특히 그것은 원칙이 아니라는 지적이었다.

박근혜의 '경제 가정교사' 로 불리는 이한구 의원은 이날 국가부채와 관련해서 일침을 놓았다.

"우리나라의 국가부채 계산법은 선진국과는 다릅니다. 선진국 방식으로 계산하면 절대 안심할 수준이 아니지요. 국회 저축은행국정조사특위가 저축은행 피해 보상안을 놓고 현행 5000만 원에서 6000만 원으로 보상기준을 상향조정한 것은 '전형적인 포퓰리즘 정책' 입니다."

또한 친박계 유승민 최고위원은 말했다.

"예금자 보호법에 따라 5000만 원까지만 보상하게 한 원칙을 훼손하면 여러 가지 많은 것들이 무너질 것입니다. 예금자 보호법의 원칙을 훼손할 수는 없습니다."

친박계 중진 이경재 의원도 비난에 가세했다.

"결국 특별법을 만들어 소급적용을 통해 보상을 해줘야 하는데, 소급입법 자체가 위헌적 요소가 있습니다. '포퓰리즘' 도 '원조 포퓰리즘' 과 '짝퉁 포퓰리즘' 이 있는데 우리는 짝퉁 포퓰리즘을 따라가는 것 같습니다. 그러나 결국은 원조가 이기고 짝퉁이 지게 되어 있습니다. 우리는 우리 나름대로의 원칙을 지키는 것으로 가야 합니다."

당장 보상안을 6000만 원으로 상향조정하는 편법을 쓸 경우, 표가 따라올 것이 자명한 데도 '원칙이 아니다' 라며 반대 의사를 표명하는 것. 정치인들에게 쉽지 않은 일이었다.

그 쉽지 않은 일을 친박계 의원들이 하고 있었던 것이다.

당내외 친박계 인사들은 박근혜의 '원칙'을 높이 평가하고 있다.

한나라당 경기도당위원장을 지낸 홍문종은 이렇게 말했다.

"나름 개인적으로 정치를 시작한 지 벌써 여러 해를 지났고 가문의 정치내력까지 따진다면 꽤 오랜 세월을 정치와 연관지으며 살아왔다고 생각합니다. 그러는 동안 수많은 정치인의 정치적 부침을 곁에서 지켜보면서 정치판이 얼마나 어려운 곳인지 실감할 수 있었습니다. 무엇보다도 정치적 성공 여부와 상관없이 존경하고 싶은 선배 정치인이 손꼽을 정도에 불과한 것만 봐도, 정치를 통해 인정받는 일이 결코 녹록치 않은 실정인 것 같습니다. 이 같은 정치현실에서 대한민국 정치 거목으로 자리 잡고 있는 박근혜의 존재는 경이로움 그 자체가 아닐 수 없습니다."

지금은 박근혜와의 관계가 조금 소원해진 김무성도 박근혜에 대해서는 극찬을 아끼지 않았다.

"어떤 경우에도 나는 박근혜가 자신의 이익을 생각하는 모습을 본 적이 없습니다. 주변에서 섭섭하고 답답해할 정도로, 박근혜의 모든 생각은 '국가'와 '국민'에 맞춰져 있습니다. 그렇기 때문에 함께 일하는 사람들까지도 자발적으로, 그리고 당당한 자부심으로 일할 수 있는 것입니다. 이런 사람이 국가의 지도자가 된다면, 온 국민이 정말 신바람이 나서 일하는 나라가 되지 않을까요?”

최근 최고위원직을 사퇴한 유승민은 박근혜가 가지고 있는 원칙에 대해 ‘신비한 존재’라고 말했다.

“박근혜는 많은 사람들에게 신비한 존재입니다. 그녀의 비극적이고 드라마틱한 인생 자체가 평범한 사람들과는 다르지요. 또 정치인으로 그녀의 인기, 원칙과 소신, 그리고 고집도 다른 정치인들과 달리 특별하고 신기한 측면이 있습니다. 한나라당 대통령후보 경선이 끝난 뒤 즉석에서, 그녀는 보통사람이 흉내도 내지 못할 아름답고 당당한 경선승복 연설을 선보였습니다. 사람들은 이 여인이 앞으로의 정치에서 어떤 가능성까지 실현할지, 무척이나 궁금한 듯합니다.”

그는 또 이런 말도 했다.

“박근혜는 겉과 속이 똑같은, 말과 행동이 똑같은 정치인입니다. 우리 정치판에서 말과 행동이 똑같은 정치인을 만나기란 쉽지 않은 일이지요. 그러나 박근혜는 말과 행동이 다르거나 했던 말을 뒤집는 경우를 본 적이 없습니다. 그녀의 말은 길지도 않고 화려하지도 않지만 엄청난 파워를 갖는 것입니다. 그래서 약속, 신뢰, 일관성, 원칙…… 이런 수식어들이 늘 그녀에게 따라다니는 모양입니다. 노회한 정치 9단들은 유연함이 없고 늘 경직되어 있고 고집이 세다며 박근혜를 비판하는 사람들도 있습니다. 하지만, 갈대같이 부드러운 데다 출세를 위해서라면 어떤 변신도 마다않는 정치인들이 너무 많아서

우리 정치가 이 모양 아닌가요?"

박근혜 캠프의 대변인을 맡았던 이혜훈 의원은 이렇게 말했다.

"깨끗한 경선 승복 이후, 박근혜 정치는 온 국민의 뇌리에 '원칙의 정치'로 각인되었습니다. '원칙'이라는 단어는 자칫 잘못하면 타협 없는 집착, 융통성 제로의 이미지를 불러일으킬 수 있고 그래서 정치를 타협과 절충의 산물이라고 믿고 있는 사람들에겐 환영받지 못하는 측면이 있지요. 그러나 21세기 대한민국엔 원칙의 정치가 절실히 필요합니다. 원칙은 신뢰를 이끌어내는 힘입니다. 정치는 다양한 이해집단들의 갈등을 조정하여 공통분모를 이끌어내는 과정입니다. 노조와 경영진, 전교조와 학부모회, 의사와 약사, 개발론자와 환경론자, 수도권과 지방 등 대립되는 견해를 가진 수많은 집단들을 설득하고 조정해야 하는 정치의 정점에 대통령이 있습니다. 그런데 조정하는 사람에 대한 신뢰가 없다면 누구도 승복하기 어려울 것입니다. 신뢰는 '비록 자신이 손해를 보더라도 원칙과 일관성을 지키는' 모습이 켜켜이 쌓일 때 비로소 싹트기 시작합니다. 편파적이고 자신에게 불리한 규정이지만 당의 결정이라면 받아들이는 모습, 정치적 협상의 지렛대로 충분히 쓸 수 있는 소재라도 원칙에 어긋나면 단호히 배격하는 모습들이 차곡차곡 쌓여, 이제 박근혜식 '원칙의 정치'가 '신뢰의 정치'로 승화한 것입니다."

소통의 상징 '수첩 공주'

춘추전국시대에 편작이라는 명의가 있었다. 그는 '죽은 사람도 살리는 의원'이라는 소리를 들었고, 그래서 세상 사람들은 그를 의선(醫仙)이라 불렀다.

춘추시대를 처음 제패한 제환공이 편작의 명성을 듣고 그를 궁으로 불러들였다. 두 사람이 환담을 나누는 과정에서 편작이 갑자기 말했다.

"대왕께서는 병이 있습니다. 그 병은 피부에 머물고 있으니 간단히 치료할 수 있습니다. 치료하지 않으시면 깊이 들어갑니다."

제환공은 약간의 종기를 앓고 있었던 것이다. 그러나 재환공은 이를 대수롭지 않게 생각했다. 그리고 주위 사람들에게 오히려 "병이 들지도 않은 사람을 환자로 몰아 돈을 벌려고 한다"며 편작을 매도했다.

5일 후 편작과 제환공이 다시 만났고, 편작은 "피부의 병이 혈맥 속으로 전이 되었습니다"라며 치료를 권유했다.

그러나 제환공은 그의 말을 귀담아 듣지 않았다.

다시 5일이 지난 후 편작과 제환공이 재회했다. 편작은 "그 사이에 병이 위와 장까지 옮겼습니다. 치료하셔야 합니다"라고 권했다. 그러나 제환공은 이번에도 탐탁지 않게 생각하고 그를 물리치고 말았다.

그로부터 다시 5일이 지났고, 두 사람이 만났다. 그때 편작은 아무 말도 않고 도망치듯 궁을 빠져 나왔다.

의아해진 제환공이 사람을 보내 그 연유를 물었다. 그러자 편작은 말했다.

"병이 피부에 있을 때는 탕약과 고약만으로 효험이 있고, 병이 혈맥에 있을 때는 금침(金針)이나 돌 침으로 고치고, 병이 위장에 있을 때는 다시 탕약으로 효험을 볼 수 있습니다. 그러나 그 병이 골수(骨髓)에 미치면 방법이 없습니다. 대왕의 병이 이미 골수에 뻗쳤으니 치료를 하자는 말도 못한 것입니다."

아니나 다를까, 그로부터 5일이 경과한 후에 제환공은 시름시름 앓기 시작했다. 사람을 보내어 편작을 찾았으나 그는 이미 종적을 감춘 다음이었다. 제환공은 그로부터 5일 후에 끝내 병사하고 말았다.

제환공을 보면 생각나는 사람이 있지 않은가? 바로 MB 말이다.

그동안 많은 사람들이 MB 정부의 잘못을 지적해왔다. 그러나 제환공이 편작을 탐탁지 않게 여겼듯, 이 대통령은 '쓴 소리'를 귀담아 듣지 않았다.

이에 대해, 김영호 언론광장 공동대표는 다음과 같이 비판했다.

"일반적으로 고위공직자를 발탁하는 인사기준은 전문성, 지도력, 포용력, 대중성, 도덕성, 청렴성을 들 수 있습니다. 그런데 MB의 인사원칙은 파벌적-배타적입니다. 발탁 범위가 대단히 협소하지요. 예외적 경우를 제외하고는 '고소영', '강부자', 'S라인' 범주에서 크게 벗어나지 않는 것입니다. 그나마도 회전문 돌듯 같은 사람을 자리를 바꿔가며 앉히는 바람에 적격성의 논란이 그치지 않고 있습니다. 전문성, 지도력, 포용력은 제쳐놓고 도덕성, 청렴성에서 많은 흠결이 드러나 국민적 신뢰를 추락시키고 있는 것이다. 그럼에도 '내 사람 내 맘대로 한다'는 아집과 독선이 민심이반을 가속화시키고 있습니다."

하지만 국민과의 소통이 없는 이 대통령에게 이런 비판은 그저 쇠귀에 경 읽기였을 뿐. 결국 제환공이 최악의 상황을 맞이하였듯, MB도 지금 최악의 상황에 직면하고 말았다.

각종 여론조사 결과를 보면 그의 지지율은 사실상 '사망선고'에 해당하는 20% 대로 '폭삭' 주저앉고 말았다.

그러나 박근혜는 다르다.

박근혜에게는 국민과의 소통을 상징하는 의미의 '수첩공주'라는 별명이 늘 따라다닌다.

한나라당 대표로 있던 시절, 그는 무려 150번이 넘는 민생탐방을 다녔다. 그런데 박근혜의 다른 점은 '수첩'에 있었다. 그는 누가 어떤 이야기를 하든 꼼꼼하게 수첩에 적었고, 그 속에 들어 있는 민심을 실행에 옮기기 위해 애썼던 것이다.

사실 '수첩공주'라는 별명이 처음부터 아름다웠던 것은 아니었다.

참여정부 당시 집권당이었던 열린우리당이 지난 2004년 야당인 한나라당 박근혜를 깎아내리기 위해 처음 붙인 별명이 바로 '수첩공주' 였던 것이다.

하지만 그 이후, '수첩공주' 라는 별명은 오히려 그녀에게 '약속을 지키기 위해 노력하는 정치인' 이라는 긍정적인 이미지를 심어주고 있다.

실제 박근혜는 이렇게 말했다.

"약속을 지키려고 국민들을 만날 때마다 수첩에 꼼꼼하게 적어서 틈만 나면 들여다보고 챙겼더니 저보고 수첩공주라고 그럽니다. 그런 수첩공주라면 백번이라도 하겠습니다."

한마디로 '소통' 의 이미지가 '수첩공주' 라는 한 단어에 함축되어 있다고 볼 수 있겠다.

박근혜가 국내 유력 정치인으로는 드물게 '말실수' 나 구설에 휘말린 적이 거의 없는 정치인이다. 이 역시 수첩을 꼼꼼하게 들여다보고 신중하게 자신의 입장을 표명하는 버릇 때문이다.

당시 총리를 지냈던 이해찬도 수첩공주라는 별명을 부러워하며 이렇게 말했다.

"나는 수첩공주가 아니라, 수첩왕자입니다."

그런데 2011년 10·26 서울시장 보궐선거를 하루 앞둔 날, 박근혜는 나경원 한나라당 후보에게 자신의 '수첩' 을 전달하는 모습을 보였다. 이날 오전 서울 프레스센터 나 후보의 캠프를 찾아, 선거운동기간 중 8번에 걸쳐 서울 일대를 돌며 수렴한 시민들의 소리들-정책제안을 담은 작은 회색수첩-을 전한 것이다.

수첩을 전달하면서 박근혜는 이렇게 말했다.

"13일부터 곳곳을 다니면서 소상공인, 벤처인, 학생, 주부 등을 만났습니다. 힘든 생활을 하면서도 꿈을 잃지 않고 열심히 노력하는 것을 보면서, 정치가 해야 할 가장 중요한 일은 서민들이 꿈을 펼칠 수 있게 하는 것임을 다시 한 번 확인했습니다. 정치가 불신을 받는 가장 큰 이유 중 하나가 선거 때 약속을 많이 하고 이를 지키는 않는 모습 때문입니다. 국민이 바라는 새로운 정치는 복잡한 것이 아닙니다. 바로 약속하는 정치, 책임지는 정치입니다. 나 후보도 서울시민들에게 어려운 이야기를 많이 들었을 텐데 그 이야기를 시정에 반영하고, 약속을 지켜줄 것으로 믿습니다. (시민에게) 들은 이야기 중 시정과 관계된 내용을 담은 수첩을 들고 왔습니다."

그냥 수첩만 전달한 게 아니라, 본인이 직접 듣고 수첩에 정리한 민심을 나경원에게 찬찬히 설명하기도 했다. 이때 언급한 내용으로는 ▲버스전용차로가 끊겨 있어 불편을 겪는 사례 ▲'워킹맘'을 위한 보육시설 확충 필요성 ▲구로디지털단지 '수출의다리' 노후화 문제 ▲노숙인을 위한 자활·자립 프로그램 ▲영·유아 무료 필수예방접종 일반병원까지 확대 ▲장애아동가정 보조금 지원 문제 등이 있었다.

박근혜는 국민과의 소통을 위해서라면 자신을 반대하는 사람들과의 만남도 피하지 않았다.

실제 MB와 일정한 거리를 두는 대신, 한나라당 소속 의원들은 물론 국민과 허심탄회하게 소통하는 모습을 꾸준히 보여왔다.

2010년 9월 18일에는 유투브를 통해 추석맞이 인사를 공개하는가 하면, 지난 6월부터는 트위터를 통해 국민들과 직접 대화를 시도하고 있다.

한나라당이 '불통정당'이라고 낙인찍힌 속에서도 박근혜가 국민들로부터 호감을 받고 있는 주요인은 바로 이 같은 '소통에의 의지'가 있기 때문이다.

그의 소통의지는 곧바로 행동으로 나타났다.

박근혜는 2010년 9월 27일부터 사흘 연속으로 중립 및 친이계 의원들을 두루 만나는 활동반경을 과시했다. 당내 친박계의 울타리를 뛰어 넘은 움직임이었다.

9월 27일 서울 강남의 한 호텔에서 수도권 친이계 초선의원 5명과 오찬을 한 데 이어, 다음 날인 28일에는 마포에서 영남권과 수도권 지역구 의원 6명과 점심 식사를 함께 했다. 6명 중 5명이 친이계였다. 29일에도 당내 이공계 출신 의원들과 오찬 회동을 가졌다. 여기에 친이계와 중립 진영의 의원들도 상당수 포함돼 있었다.

박근혜는 오찬 자리에서 이렇게 말했다.

"그간 친이계 의원과도 자주 만나고 싶었는데 당내에 벽이 조금 있어 부담스러울까봐 만남을 청하지 못했습니다. 이제 서로 부담을 덜 수 있는 시기가 된 것 같습니다. 현안에 대해서든 이슈를 논의하기 위해서든 언제든 연락 나누었으면 좋겠습니다."

오찬에 참석한 한 친이계 의원은 이런 소감을 밝혔다.

"박근혜를 만나 이야기를 들어보니 그분 특유의 섬세한 배려심이 느껴졌습니다. 그간 가졌던 선입견이 많이 허물어지는 기회가 되었지요."

박근혜식 소통이 박근혜에 대한 그릇된 편견을 깨뜨리는 수단이 되고 있는 것이다.

특히 최근에는 청년들과의 소통이 빛을 발하고 있다.

2011년 겨울. 박근혜는 대학생들과의 만남을 가졌다.

20대 젊은이들을 직접 만나 그들의 소리, 젊은 청년들이 전하는 현장의 소리를 듣기 위함이다.

'내 마음 속의 사진'이라는 주제로 열린 대전대학교에서의 특강.

그런데 처음부터 쉽지가 않았다.

10여 명의 학생들은 박근혜의 일행을 저지하기 위해 몸싸움을 벌였다.

'듣는 정치라 말하고 날치기라 읽는다' 는 피켓을 들고 있는 학생이 있는가 하면, '우리 모두 우는 동안 화장이나 고치는 女'라는 민망한 피켓도 눈에 띄었다. 일부 학생들은 '한미FTA 비준안 처리를 규탄한다'는 구호를 외치기도 했다.

그 사이를 뚫고 들어가는 박근혜의 심정이 어땠을까?

어쩌면 '괜히 왔나?' 하고 후회했을지도 모른다.

그렇게 어수선한 상황 속에서 강연은 시작됐다.

강연 시작을 알리는 박수 소리도 그다지 크지 않았다. 몇몇 학생들이 예의상 치는 박수가 전부였다고 해도 과언은 아닐 것이다. 사실 강연에 대한 기대도 그리 크지 않았던 것 같다.

하지만 학생들의 태도가 조금씩 달라지기 시작했다.

박근혜는 먼저 나무 한 그루의 사진을 공개했다.

같은 뿌리에서 나온 두 개의 가지가 있는 나무, 그런데 한쪽은 잎이 무성하지만 다른 한쪽은 앙상한 상태였다.

한마디로 불균형이 심각한 나무였다.

박근혜가 설명을 시작했다.

"여러분 보기에 어떤가요. 심각한 불균형을 이뤄 보기에도 흉하지요. 이 나무가 다시 균형감 있는 멋진 나무가 되기 위해서는 뿌리를 튼튼히 해야 합니다. 정치는 바로 이와 같습니다. 가지치기를 하는 것이 아니라 뿌리를 튼튼하게 하는 것. 그것이 정치이고 내가 정치를 하는 목표입니다."

그는 두 번째로 자신의 대학교 1학년 시절 사진을 보여주었다.

"저 인물이 누구인 것 같나요? 잘 모르시겠죠? 바로 접니다. 여러분과 같은 대학교 1학년 때의 박근혜죠. 많이 달라졌나요?"

그러자 강연회장에 '와아' 하는 탄성이 들렸다. 자신들과 같은 시절의 박근혜의 모습을 보면서, 학생들은 친밀감과 동질감을 느꼈던 것 같다.

박근혜는 대학생 시절에 꿈꾸었던 자신의 희망에 대해 이야기했다.

그리고 학생들의 시선은 어느새 그의 강연에 흠뻑 빠져 들어가고 있었다.

박근혜가 공개한 세 번째 사진은 남산 자물쇠 사진과 알록달록한 우산 사진, 시각장애 어린이들이 찍은 사진이었다.

"이 사진들은 시각장애 어린들이 오직 냄새와 촉각으로 찍은 사진들입니다. 왠지 감동적이지 않아요. 저는 이 사진을 보며 우리 사회의 약자들이 우리에게 보여주는 가능성을 생각하곤 한답니다."

서정적이고 감동적인 사진과 강연이 이어지면서, 학생들이 강연회의 분위기에 점점 빠져들어 갔다. 굳게 닫혔던 마음의 빗장이 열리며 서로의 진실한 마음을 이해하게 되는 것. 진정한 소통이 시작되는 순간이었다.

1시간이 넘는 박근혜의 강의가 끝나자, 처음 시작했을 때와는 비교조차 할 수 없을 만큼 우렁찬 박수가 터져 나왔다.

이어진 '질문·고충토로' 코너에는 손을 든 지원자들이 잇따르기도 했다.

"한미FTA 비준안의 통과가 잘못된 것 아니냐"는 식의 민감하고 공격적인 질문도 있었지만, 박근혜는 개의치 않았다.

'수첩공주'라는 애칭에 걸맞게, 그는 언제나처럼, 수첩을 무릎에 올려놓고 학생들의 아픈 소리를 일일이 메모했다.

"사랑을 해보셨나요?"라는 등 애정이 듬뿍 담긴 질문들이 쇄도했고, 따듯한 분위기 속에서 각별한 만남의 자리는 끝이 났다.

가식 없는 대학생들과의 소통이 성공적으로 이루어진 것이다.

2011년 12월 15일, 박근혜의 대변인직을 반납한 이정현 의원은 '일각에서 박근혜의 침묵을 소통부재로 해석하는 것'에 대해 이렇게 반박했다.

"박근혜는 정도 정치를 지향했습니다. 대통령 자리를 놓고 경쟁한 상대가 임기를 마치는 동안 최소 4년은 일할 수 있는 기회를 주고 조용히 있어주었던 것입니다. 사실 이런 건 기본 아닌가요? 나설 때 나서고, 나서지 말아야 할 때 나서지 않는 것, 말해야 할 때 말하고 말해야 하지 않을 때 말하지 않는 것. 굉장히 중요한 정치 행위이고 국익에 도움이 되는 일이라 생각합니다."

그러면서 이정현은 박근혜의 소통행보가 이제부터 본격화

될 것이란 점을 분명히 했다.

"이제 국민들 상식으로 '이 정도면 2012년 대선 출마를 할 사람'이라고 생각한다면, 이때쯤 나서서 현안에 대한 자신의 입장도 밝히고 국민과 만나는 것도 좋겠다고 생각합니다. 국민들이 상식적으로 납득해줄 수 있는 시점이 다가오고 있는 것입니다. 박 전 대표는 지금부터 본격적인 '소통'에 나설 것입니다. 13일 간의 재보궐 선거 유세 동안, 박근혜 특유의 '소통법'을 보여줬다고 생각합니다. '던킨도너츠'에 앉아 있는 중학교 2학년생들을 불쑥 만나서도 30분 동안 대화를 할 수 있는 사람, 식당에 밥 먹으러 온 20대 직장인들을 만나서 1시간을 대화할 수 있는 사람, 지하상가 주민들과 즉석에서 대화를 할 수 있는 사람이 박근혜입니다. 저는 이런 게 소통이라 생각합니다."

'화합의 정부'를 꿈꾸다

보아즈 야킨 감독의 미국 영화 〈리멤버 타이탄(REMEMBER THE TITANS. 2000년)〉을 기억하는 사람들이 많을 것이다. 인종 차별 갈등을 스포츠라는 매개를 통해 화합시킨 수작이었다.

미국 내에서 최고의 인기 스포츠인 고교 미식축구. 이는 1971년 버지니아주 알렉산드리아 주민들에게도 마찬가지였다. 하지만 지역 교육청이 모든 흑인 고등학교와 백인 고등학교를 통합하라고 지시를 받았을 때, 지역의 풋볼 기금은 혼란에 빠졌다.

이러한 잠재적 불안 속에서 워싱턴 정부는 사우스 캐롤라이나 출신 흑인인 허만 분을 T.C. 윌리암스 고교 타이탄스 팀의 헤드 코치로 임명했다. 그런데 그가 전임 백인 헤드코치인 빌 요스트를 자기 밑의 코치로 두려하자, 윌리암스 고교는 일촉즉발의 분위기에 놓인다.

하지만 허만 분 감독의 강력한 통솔력과 카리스마 아래, 두 사람은 피부색의 장벽을 뚫고 서서히 하나로 뭉치게 된다. 이들 두 감독은 분노로 뭉친 선수들을 교화시켜서 다이내믹한 승리 팀을 만들어내는 데 성공했다.

두 감독이 맡은 타이탄스가 각종 시합에서 연전연승을 기록하자 흑백 갈등으로 분열되어 있던 알렉산드리아의 냉랭한 분위기도 눈 녹듯 변하기 시작했다. 중요한 것은 피부색이 아니라 그 안에 숨겨져 있는 영혼이라는 것을 사람들이 깨닫기 시작한 것이다.

이처럼 미식축구가 인종갈등을 해결하는 장면과 달리, 우리나라 정치권은 막강한 힘을 가지고 있으면서도 고질적인 갈등 구조를 해결하지 못하고 있다.

이념 갈등, 영호남 지역갈등, 노사 길등, 여야 갈등 등으로 국민들은 너무 피곤하다. '국민화합'을 바라고 실천할 수 있는 정치인이 반드시 필요하다.

그런 의미에서 박근혜야말로 국민화합의 적임자다. 실제 박근혜는 '속도'와 '결과'만을 중시하는 MB와 달리 '화합'과 '절차'를 매우 중요시한다.

이른바 미디어법 논쟁이 한창일 때다. 박근혜는 한나라당 단독처리를 위해 국회 본회의가 열릴 경우 "반대 표결을 할 것"이라면서 야당과의 합의를 주문했다.

결국 한나라당은 서둘러 '박근혜안'을 수용하는 방안으로 법안을 재정비했다. 박근혜가 지적한 신문과 대기업의 방송 진출에 따른 사전 사후규제 장치와 여론독과점 해소책을 마련한 것.

하지만 그 과정은 간단치 않았다.

2009년 연초부터 박근혜는 미디어법 때문에 당내에서 고독한 싸움을 벌여야 했다.

이에 대한 박근혜의 뜻은 분명했다.

"국민의 공감대를 얻지 못하는 쟁점법안에 대해, 한나라당이 거대 의석수만 믿고 국회에서 속전속결로 처리하는 것은 분명히 문제가 있습니다."

실제 박근혜는 2009년 1월 5일 당 최고중진연석회의에서 다음과 같은 어조로 쟁점법안에 대해 전격 제동을 걸었다.

"국가발전을 위하고 또 국민을 위한다고 하면서 내놓은 법안들이, 오히려 지금 국민들에게 실망과 고통을 안겨주고 있습니다. 쟁점법안일수록 국민의 이해를 구하고 공감대를 이루는 것이 중요합니다. 2월 임시국회에서 충분한 국민 이해와 공감대가 형성된 후에 추진되면 좋겠습니다.”

한마디로 MB의 속도전 요구를 일축한 것이다.

이후 한나라당이 국회 문광위에서 미디어법을 기습 단독상정하는 파문을 일으켰을 때에도, 박근혜는 기자들의 질문에 이렇게 답하며 강력한 반대의 뜻을 내비쳤다.

“쟁점법안 직권상정을 둘러싼 여야 대치와 관련해서는 이미 입장을 다 밝혔습니다. 당 지도부의 속전속결 처리는 옳지 않습니다. 한나라당이 언론법을 포함한 쟁점 법안의 일괄 직권상정을 시사한 것은 분명한 잘못입니다. 그간 제 입장을 여러 번 밝혔지만, 선(先) 국민 공감대의 원칙이 중요합니다.”

지금처럼 ‘속도전’에 매달리지 말고, 국민과 충분히 대화하는 모습을 보여야 한다는 주장이었다.

또 2009년 3월 2일 국회 본회의장 로텐더홀에서 농성중인 한나라당 의원들을 방문한 자리에서, 박근혜는 김형오 국회의장의 미디어 관련법 중재안과 관련해 이러한 의견을 피력했다.

“한나라당은 그동안 미흡했던 부분에 대해 상당히 많은 양보를 했고, 국민 공감대를 형성해왔습니다. 이 정도면 야당이 합의해 줄 수 있는 것 아닌가요? 김형오 의장도 많은 고심을 한 것으로 알고 있습니다. 다만 문제되는 것은 시기를 못 박지

않았다는 것인데, 시기를 못 박는 것은 야당이 받아들일 수 있
는 부분이라고 생각합니다."

김형오는 이날 새벽 첨예한 갈등양상을 보이고 있는 방송법
과 신문법 등 미디어관련법 4개 사항에 대해, '4개월 동안 사
회적 논의 추진 기구를 설치한 후 국회법 절차에 따라서 처리
하고, 저작권법과 디지털전환법은 오는 4월 임시 국회 때 논
의하는 중재안'을 제시했었다.

박근혜의 발언은 김형오가 제안한 중재안에 처리시기를 못
박으면, 야당도 그 중재안을 받아들여야 한다는 뜻이다.

표면적으로는 야당의 양보를 촉구하는 것처럼 보일 수도
있다.

하지만 사실은 한나라당 내 친이 강경파를 향한 압박의 성
격이 짙었다.

당시 김형오의 중재안에 대해 민주당이 '환영' 모드인 반면,
한나라당이 '격분'한 것은 바로 이런 이유 때문이었다.

실제 민주당 정책위의장을 맡고 있는 박병석 의원은 당시
MBC 라디오 '손석희의 시선집중'과의 인터뷰에서 이렇게 말
했다.

"김형오의 중재안에 대해 민주당은 사실상 동의합니다. 그
야말로 산통 끝에 나온 것이기 때문에 다소 못마땅한 점이 있
어도 합의 정신을 존중해야 할 것입니다."

반면 한나라당은 박희태 대표가 김형오의 중재안 수용을 거

부하고 말았다. 심지어 한나라당 친이 강경파들은 김형오를 향해 거의 협박수준에 가까운 어투로 직권상정을 요구했다.

"의장께서도 현명한 판단을 하셔야 합니다. 지금 한나라당은 172석의 다수당이고, 국회의장도 국회의원이 뽑는 게 아닙니까? 그래서 의장에 대한 탄핵 내지는 불신임 기류도 강경한 게 사실입니다. 의장이 중재안이라고 내놓은 게 중재안이 아니라, 야당 안을 들고 와서 한나라당보고 받으라는 이런 상황이란 말입니다. 결국 국회의장과 한나라당이 대립하는 구도가 되어버렸습니다."

최경환 의원이 모 방송과의 인터뷰에서 언성을 높이면서 한 이야기다.

또 심재철 의원은 평화방송과의 인터뷰에서 '복당불가론'과 '의장퇴진론'까지 들먹였다.

"직권상정하지 않으면 김형오 의장은 거취에 대해 심각하게 고민해야 할 것입니다. 의장 임기를 마친 뒤에 다시 한나라당으로 복귀하시겠다고 생각하실지 모르겠지만, 지금 이런 상황에서 계속 국회의장직을 수행해야 될 것인지에 대해서 심각하게 고민을 해야 합니다."

김형오가 중재안을 상정할 경우, 그를 탄핵하거나 불신임하겠다는 으름장.

이런 상황에서 박근혜가 김형오에게 힘을 실어 준 것이다.

박근혜는 나아가 신문과 대기업의 방송진출에 따른 사전 사후규제 장치와 여론독과점 해소책이 담긴 '박근혜 중재안'을 야당에 제시하기도 했다.

박근혜의 발언은 확실히 약효가 있었다.

그의 발언 직후, 여야는 정치적 충돌을 최소화하면서 막판 대타협에 성공했다.

실제 한나라당 박희태 · 민주당 정세균 대표는 3월 2일 오후 국회 귀빈식당에서 회동을 갖고 신문방송법 등 미디어 관련법에 대해, 사회적 논의기구에서 100일간 논의한 뒤 '표결 처리' 하기로 극적 합의했다.

이로써 지긋지긋한 쟁점법안 갈등이 조용한 실력자, 박근혜의 묵묵한 활약으로 막을 내리는 듯 보였다.

그러나 불행하게도 2009년 2월 21일, 대통령의 친형인 이상득이 당시 친박 좌장 자리를 놓고 다투던 김무성과 허태열을 부산에서 전격 회동하면서 '표결처리' 합의는 깨지고 말았다.

한나라당 지도부가 전격적으로 미디어법을 단독 상정하는 파동을 일으키고 만 것이다.

비록 '미완의 합의'에 그쳤지만, 박근혜의 합의 노력은 국민들에게 뚜렷하게 각인될 수 있었다.

이로써 국민들은 박근혜를 MB는 물론 그동안 한나라당 점령군으로 행세해온 친이계와 구분지어 생각하게 되었다.

박근혜가 비록 친이계와 한나라당에서 '한솥밥'을 먹는 처

지이기는 하지만, MB를 중심으로 하는 친이계와 '한통속' 은
아니라는 믿음.

국민들의 이 같은 믿음은 여론조사 결과로도 나타났다.

2011년 5월에 실시한 동아일보 여론조사를 보면 '정권 교
체' 여론이 16% 가량 앞섰다. 그런데 정작 대통령 후보 지지
도 조사에서는 박근혜가 부동의 1위였다.

6월 조선일보 여론조사에서도 거의 비슷한 여론조사 결과
가 나왔다.

정권 재창출 : 38%

정권 교체 : 48.8%

여론조사 상으로는 정권 교체 여론이 정권 재창출 여론보다
10.8% 포인트 높다.

하지만 정작 당시 여야 선두 주자인 박근혜와 손학규 일대
일 가상대결에서는 박근혜 59.3%, 손학규 31.8%로 박근혜가
압도적으로 높았다.

박근혜가 독주하다시피 하고 있는 데도 정권 교체 여론이
앞선다는 것은 상식적으로는 이해가 되지 않는 현상이다. 그
런데도 왜 이런 일이 발생할까?

국민의 절반 이상이 박근혜가 차기 대선에서 승리하는 것
을 '정권 재창출' 이 아닌 '정권교체' 로 생각하고 있기 때문

이다.

실제 여론조사기관 미디어리서치가 2011년 6월 8~9일 전국 성인 700명을 대상으로 실시한 전화여론조사 결과, "만약 박근혜가 내년 대선에서 대통령으로 당선될 경우 이명박 정권이 재창출된 것으로 생각하는가 아니면 정권이 교체된 것으로 생각하는가"란 질문에 응답자의 50.1%가 '정권 교체'로 답했다. 반면 '정권 재창출'이라고 답한 사람은 34.6%였고, '모름·무응답'은 15.3%였다.

정권 교체 여론이 높으면서도 박근혜가 후보 지지도에서 독주하는 기현상. 그 원인은 이처럼 박근혜를 '여당 내의 야당'으로 여기기 때문인 것으로 풀이된다.

즉 '속도'를 중시하는 MB의 요구에 맞서 '화합'을 주장하는 박근혜의 대립이 국민들로 하여금 박근혜를 '여당 내 야당'으로 인식하게 만들었다. 급기야 박근혜의 집권을 '정권교체'로 인식하게 만드는 상황이 된 것이다.

저자 역시 처음부터 박근혜에게 호감을 가지고 있었던 것은 아니다.

어쩌면, 보통의 언론인들과 마찬가지로 역시 '박근혜=독재자의 딸'이라는 편견을 가지고 있었는지 모른다.

그런데 이 같은 편견을 한방에 무너뜨리는 사건이 발생했다.

한나라당 대통령 후보 경선 당시의 일이다. 박근혜의 측근을 만나 간단하게 점심을 함께 한 일이 있다.

당시 그는 문민정부 시절 청와대 교육문화사회수석을 지낸 김정남 전 수석이 박근혜를 지지해 주기를 학수고대하고 있었다.

그런데 김 전 수석은 고(故) 박정희 대통령에 맞서 싸우던 자신이 박근혜를 지지할 명분을 찾는 일이 마땅치 않았던 것 같다. (사실 그 문제에 대해서는 나도 같은 생각이었다.)

물론 박정희의 리더십이 우리나라의 경제부흥을 이루는 주춧돌 역할을 했고, 그 결과 오늘날 대한민국이 경제대국으로 자리매김하게 됐다는 데 대해서는 이견이 없다. 그러나 그런 공로가 있었다고 해서 민주화를 탄압한 과오가 완전히 상쇄되는 것은 아니다.

따라서 이 문제에 대해 박근혜가 최소한 한 번쯤은 국민들 앞에 머리를 숙일 필요가 있다는 판단을 하고 있었다.

그래서 한 가지 제안을 했다.

"박근혜 전 대표가 박정희 대통령과 대척점에 서 있던 장준하 선생의 유가족을 만나는 게 어떻겠어요? 박정희의 딸 박근혜와 장준하의 아들 장호권의 만남은 그 자체로 흥미로운 뉴스가 될 것입니다. 또한 산업화 세대와 민주화 세대가 화해하는 역사적인 만남이 될 것입니다."

이 같은 제안을 하면서도 사실은 별로 기대하지는 않았다.

자녀가 부친의 잘못을 인정한다는 게 인간적으로 그리 쉬운 일은 아니기 때문이다.

그리고 상당한 시일이 흘렀을 때, 당시 박근혜 캠프의 서청원 고문 측으로부터 연락이 왔다.

장준하 선생의 유가족과 한번 만나고 싶다는 것.

아마 캠프에서 장호권 씨를 만나려고 했으나, 여의치 않았던 듯싶다.

그래서 마침 필자와 같은 생각을 하고 있던 〈시민일보〉 이영란 기자가 두 사람의 만남을 주선했다. 결국 박근혜는 장준하 선생의 미망인을 만나 두 손을 맞잡는 역사적인 장면을 국민들 앞에 보여 주었다.

그 모습은 민주화 운동을 하던 수많은 사람들이 박근혜에게 호감을 갖는 계기가 되기도 했다.

고 김대중 전 대통령(이하 DJ)도 자신의 자서전에서 "박근혜가 자신을 찾아와 아버지 일에 대해 사과했고, 그래서 자신은 매우 반가웠다"고 밝힌 바 있다. DJ가 박근혜를 향해 "동서 화합의 적임자"라고 추켜세운 것은 이 같은 모습, 즉 산업화 세대와 민주화 세대의 화합을 위해 머리를 숙이는 박근혜의 모습을 보았기 때문일 것이다.

박근혜의 선대위원장을 맡았던 홍사덕. 그는 대통령 후보 경선 당시, 서울 올림픽공원 역도경기장에서 열린 간담회에서 "박근혜 정부는 '화합정부'로 하자"고 제안했었다. 그리고 이를 박근혜가 수용했다.

홍사덕은 박근혜가 그리는 '화합의 정부'에 대해 이렇게 말했다.

"남과 북이 화합하고, 호남 영남이 화합하고, 빈부가 화합하고, 가진 자 못가진 자가 화합하고, 노동자와 사용자가 화합하고, 양극화가 화합하고, 갈라진 이념이 화합하여 일심단결하고 나라를 발전시키고 선진 대한민국으로 가는 것입니다."

미래권력 대충돌―지지율의 역설

라이벌은 안철수 등 PK 맨들

지지율만 놓고 보면 박근혜에겐 여야에 라이벌은 별로 없다. 여당엔 대통령이 되기 위한 후보경선 경쟁을 벌여야 할 상대가 두 명 정도 있다. 정몽준과 김문수다. 두 사람 모두 박근혜와 한판승부를 학수고대하고 있지만 너무나 큰 지지율 격차가 문제다. 박근혜는 지지율에서 정, 김 두 사람을 압도하고 있다. 두 사람은 사석에서 "지지율이 올라가야 한번 해보지"라는 얘기를 할 정도로 지지율에서 고전을 면치 못하고 있다.

상대적으로 야권에는 경쟁자들이 상대적으로 많은 편이다. 어차피 여야 1대1구도로 대선이 치러질 가능성이 높은 만큼 만만치 않은 싸움일 될 것이라는 분석이 지배적이다. 한나라당 출신으로 얼마 전까지 민주당 대표를 지낸 손학규와 진보당으로 간 유시민 등이 일단 1차 상대다.

특히 최근 부상한 안철수가 버거운 상대다. 안철수는 각종 여론조사에서 박근혜와 접전을 보이고 있다. 안철수가 내년 대선 직전에 후보로 나선다면 쉽지 않은 게임을 할 수밖에 없을 거란 분석이 많다. 안철수의 출마여부는 50대 50이다. 안철수가 출마 대신 대선전 막판에 다른 후보를 밀어주는 경우도 큰 변수가 될 수 있다. 이른바 박원순 지원 방식이다.

안철수와 같이 부산 경남 출신인 문재인과 김두관도 박근혜에겐 다크호스다. 문재인은 노무현 전 대통령의 비서실장 출신으로 친노세력의 높은 지지를 받고 있다. 김두관은 무소속으로 한나라당 텃밭에서 당선될 정도로 탄탄한 지지기반을 확보하고 있다. 이장에서 군수, 장관을 거쳐 인선 도지사에 당선된 그에겐 나름의 스토리가 있다. 현재는 지지율이 낮지만 야권의 단일 후보가 된다면 PK의 지지기반을 등에 업고 있는 만큼 박근혜에겐 쉽지 않은 상대가 될 수 있다.

박근혜 앞에는 무수히 많은 라이벌이 존재해왔다.

한나라당 대통령 후보 경선 당시에는 MB와 치열한 경쟁을 벌여야 했고, MB의 대통령 취임 이후에도 끊임없는 견제구에 시달려야 했다.

뿐만 아니라 이재오를 비롯한 한나라당 주류 친이계와 정몽준 및 김문수 등 반박 '3각 연대'와 힘겨운 생존 경쟁을 벌이기도 했다.

야권에서는 유시민, 손학규, 문재인이 박근혜의 라이벌로 주목받고 있으며, 최근에는 안철수가 강력한 경쟁상대로 떠올랐다.

끊임없이 '견제구' 날린 MB

MB는 임기 내내 '박근혜 견제구'를 날렸지만 번번이 실패하고 말았다.

인터넷 사이트인 '디시인사이드'에서 한 누리꾼은 이런 의문을 표시했다.

"박근혜를 화끈하게 밀어주면 한나라당 정권재창출에도 도움이 될 듯한데, 왜 이명박은 박근혜를 견제하고 정운찬이나 김태호 같은 대항마를 키워서 박근혜의 대선행보에 브레이크를 걸려고 하는 걸까?"

심지어 CBS 라디오 시사프로그램 '시사자키'의 진행을 맡았던 김용민은 "박근혜 대세 가도에서 가장 큰 변수는 이명박 대통령이다. 박근혜가 MB 정권의 핍박으로 주저앉을 수 있지 않을까"라고 전망했을 정도다.

사실 MB는 박근혜에게 많은 빚을 진 사람이다. 박근혜를 매일 업고 다녀도 모자랄 판인 것이다.

2007년 8월 20일.

무려 1년 2개월을 경주한 제17대 대통령 한나라당 후보경선이 결국 MB의 신승(1.5% 차이)으로 대단원의 막을 내렸다.

당시 당원과 대의원, 일반 국민들이 대거 참여한 현장 투표에서는 박근혜가 승리했다. MB는 겨우 여론조사에서만 조금 앞섰을 뿐이다.

그래서 정말 MB를 이긴 것이냐에 대해서는 많은 의구심이 제기되고 있는 상황이었다.

그러나 박근혜는 '깨끗한 승복'을 선언했다.

"경선 결과에 깨끗하게 승복합니다. 오늘부터 전 당원의 본분으로 돌아가서 정권 교체를 이루기 위해 백의종군하겠습니다. 저를 지지해 주셨던 모든 분들은 경선 과정에 있었던 일을 잊고 당의 화합과 정권교체를 위해 노력해주시기 바랍니다."

각 언론에서는 이를 두고 '아름다운 승복', '아름다운 패자의 승리'라고 불렀다.

박근혜의 '깨끗한 승복'으로 국민들은 새로운 정치문화의 창출을 기대하게 되었고, 이는 한나라당 대통령 후보에 대한 국민들의 지지를 더욱 증폭시키는 요인이 됐다.

그런데도 MB는 취임하자마자 박근혜를 끌어안기보다, 오히려 그를 견제하는 데에 상당한 힘을 쏟았다.

오죽하면 박근혜를 두고 '핍박 받는 신데렐라'라는 소리가 나오겠는가.

우선 대통령 취임 직후 실시된 2008년 4·9총선 당시, 이른바 '목요일 밤의 대학살'이라고 불리는 사건이 발생했다.

이날 공천 탈락된 25명 대신 공천한 인물 가운데 무려 20명이 친이계였다. 친박계는 단 3명에 불과했다. 한마디로, '공천개혁'으로 포장된 친박계 대학살이었다.

박근혜도 이 같은 공천 결과에 대해 다음과 같이 비판했다.

"이번 공천은 분명히 잘못된 공천입니다. 사적 감정을 갖고 표적 공천을 한 것입니다."

결국 한나라당 공천을 받지 못한 친박계는 '친박연대'와 친박 무소속으로 출마해 17대 총선에서 파란을 일으키며 상당한 의석을 차지하는 성과를 이루었다.

MB의 '박근혜 견제구' 가운데 가장 파문이 컸던 것은 정치권 영입 0순위로 손꼽혔던 정운찬을 총리로 기용하는, 이른바 '정운찬 카드'였다. 그 카드 역시 10개월 만에 무용지물이 되고 만 것이다.

정운찬은 지난 2007년 대통령 선거를 앞두고 당시 여권에서 이명박 한나라당 후보 대항마로 내세우는 방안을 검토했던 인물이다.

충남 공주 출신인 그는 서울대 총장, 경제전문가 등의 이력을 갖고 있어 정치적 상품성이 충분한 인물이라는 평가도 있었다.

2009년 9월 3일 MB는 그런 평가를 받고 있는 정운찬을 총리로 임명한 것이다.

정치권에서는 MB가 박근혜를 견제하기 위해 정운찬 카드를 꺼냈다는 분석이 잇따랐다.

사실 정운찬의 정치적 야망은 클 수밖에 없었다. 총리를 지낸 인물이 정치적으로 꿈꿀 수 있는 다음 자리는 대통령 자리밖에 없기 때문이다.

하지만 정운찬은 'MB 예스맨'으로 전락하는 우를 범하고 말았다.

자신의 정치적인 색깔을 보여주지 못한 채 "731부대는 항일 독립군" 발언 등 각종 구설수에 오르면서 이미지가 추락하고 말았다. 무엇보다 박근혜를 견제하기 위해 무리하게 세종시 원안 폐기를 주도하다가 허무하게 무너지고 말았다.

2010년 7월 29일 오후 3시.

결국 정운찬은 서울 세종로 정부중앙청사에서 기자회견을 열고 국무총리직 사퇴 의사를 밝혔다. 그는 '사퇴의 변'을 밝히는 것으로 기자회견을 마무리했고, 별도의 질문은 받지 않은 채 기자들과 악수를 하며 쓸쓸하게 퇴장해버렸다.

물론 정운찬은 지금도 박근혜라면 입에 거품을 문다.

그는 최근 한 언론과의 인터뷰에서 박근혜에 대해 "화려한 생일잔치를 기다리는 철부지 처녀처럼 보인다"고 원색적인 비판을 했다.

서울대 총장에 이어 국무총리까지 지낸 이의 언급이라고 보기엔 의아스러울 만큼, 다분히 감정이 실려 있는 발언이다.

그는 또 한나라당이 만장일치로 박근혜를 비대위원장으로 추대한 것과 관련해서도 "큰 착각을 하고 있다. 한나라당이 약한 것은 박 전 대표가 없어서가 아니라 그냥 허약한 것"이라면서 "박 전 대표로 간다고 해결될 문제가 아니다"라고 직격탄을 날렸다.

MB에 의해 '박근혜 견제구'로 발탁되었으나, 박근혜의 장벽을 뛰어 넘지 못한 몽니가 담겨 있는 발언이었다.

MB 정권 집권 3년차.

새해를 여는 희망과 포부의 첫 마음이 채 가라앉기도 전인 2월, 지켜보기 씁쓸한 구태가 정치권에 또다시 재현되었다. 친이-친박으로 나뉜 당파싸움이 그것이었다.

사실상 한나라당은 한 지붕 두 가족 체제가 된 지 이미 오래였다.

그즈음 불거진 것은 세종시 수정안 문제를 둘러싼 문제. 친이계는 MB의 특명을 받들어 '강제당론'으로의 당론변경을 추진했고, 이 과정에서 여야 대치 상황보다도 심각한 친이-친박 대결 국면을 조장했다.

"절(수정안)이 싫으면 중(친박)이 절(한나라당)을 떠나야 한다."

친이계 인사들이 굳이 감추지 않고 드러내는 속내가 그러했다. 그런가 하면 친박계는 이런 어조로 불쾌함을 드러내며 반격했다.

"어디서 굴러온 돌(친이)이 풍찬노숙(천막당사)을 견디며 박힌 돌(친박)을 빼내려 하는가."

이들이 과연 한 솥밥을 먹는 같은 정당 사람들인지조차 의구심이 드는 분위기. 친이계와 친박계 모두 겉으로는 '분당은 없다'고 말하지만, 내부적으로는 실상 이미 두 동강 났다고 해도 과언이 아닌 상황이었다.

그러던 참에, 친이계는 박근혜를 내쫓는 방안으로 세종시 수정안 문제를 들고 나왔다. 그 배후에는 MB가 자리 잡고 있었다. 한나라당 신임 당직자들을 청와대로 불러 모은 MB가 그들에게 수정안으로의 당론변경을 추진하라는 사실상의 특명을 내린 것이다. 친이계인 그들은 두 말 할 것 없이 발을 벗고 나섰다.

당론 변경을 하려면 한나라당 재적의원 2/3 이상이 찬성해야 했다. 만일 그게 어렵다고 판단되면 '새 당론채택'이라는 방식으로라도 이를 강행할 태세였다. 새 당론채택 방식으로 추진할 경우, 재적 의원 과반수 출석과 출석 의원 과반수 찬성만으로도 얼마든지 가능했다. 다시 말해 '친박계 도움 없이' 친이계 의원들만 가지고도 얼마든지 수정안을 당론으로 채택할 수 있는 것이다.

그러나 한나라당 당론으로 채택된다고 해도 수정안이 국회를 통과할 확률은 사실상 전무하다는 게 전문가들의 견해였다.

우선 법안심사소위 위원 11명 가운데 야당 의원 5명과 유정복·현기환 의원 등 한나라당 내 친박계 의원이 수정안에 반대하고 있었다. 4명만 수정안에 찬성하고 나머지 7명이 모두 반대하고 있는 것이다. 국회 본회의는커녕 법안심사 소위를 통과하는 것조차 불가능하다는 뜻이었다.

특히 법안심사소위 위원장은 민주당 소속 박기춘 민주당 의원이 맡고 있어서 날치기도 할 수 없었다. 설사 소위를 통과했다고 쳐도, 상임위원회인 국토해양위 소속 여야 의원 29명 중,

응답자의 절반이 넘는 16명이 수정안에 반대하는 상황이었다.

수정안 찬성 의사를 밝힌 의원은 한나라당 친이계인 강길부·박상은·백성운·신영수·장광근·전여옥·정진섭·허천 의원 등 8명뿐. 만에 하나 상임위를 통과했다고 해도 모든 야당이 반대하고 있으며, 친박계가 대부분 반대하고 있는 상황에서 국회 본회의 통과는 상상도 할 수 없는 일이었다.

안 된다는 것을 빤히 알면서도 친이계가 무리하게 '강제당론'으로 변경하려 시도한 이유가 무엇이었을까?

이유는 자명했다.

박근혜에게 '당을 떠나라'고 압력을 행사한 것이다.

한나라당 중립파인 이한구 의원이 친이계의 세종시 강제당론 채택 드라이브에 대해 다음처럼 질타한 것이 바로 그 때문이었다.

"만일에 채택이 된다면 박근혜 전 대표는 한나라당 대통령 후보가 될 수 없다는 것을 의미 하는 것입니다. (친이계는) 지금 굉장히 위험한 일을 하는 것입니다."

만약에 '강제당론'에 따르지 않는다면 그것은 '해당행위'로, 당은 이를 빌미로 최악의 경우 '제명'까지 할 수 있다. 이 대통령은 바로 이 점을 노린 것이다. 수정안을 강제당론으로 해도 어차피 국회통과는 불가능하지만, 박근혜를 당에서 밀어내는 무기로는 얼마든지 사용할 수 있으니까.

그러나 MB가 간과한 것이 두 가지 있었다.

하나는 박근혜가 당에서 나갈 생각이 전혀 없다는 의지였다.

또 하나는 한나라당 당원들도 박근혜의 탈당을 원하지 않는다는 사실이었다. 오히려 중도파 사이에서 "정권을 재창출하려면 박근혜가 꼭 필요하다. 나가려면 굴러온 돌인 친이계가 나가야 한다"고 입을 모으는 분위기였다.

그런데 MB의 박근혜 견제구는 이게 전부가 아니었다.

MB는 2010년 8월 8일 김태호를 총리로 지명하는 8·8내각을 단행했다.

김태호를 박근혜 견제 카드로 사용한 것이다.

당시 친박연합 대변인 오형석은 이렇게 지적했다.

"김태호 총리 카드는 박근혜 전 대표에 대한 대항마를 키우려는 집권세력의 의도가 반영된 것입니다. 세대교체, 보수대연합, 개헌을 내세워 박근혜 전 대표를 전방위로 압박하겠다는 의도를 노골적으로 드러낸 카드죠. 또 이재오 특임장관 카드는 친이계의 결집을 통해 이원집정제 개헌, 보수대연합 등 특별임무를 수행토록 하려는 의도에서 비롯된 것입니다."

당시 정치 평론가 고성국 박사는 이렇게 말했다.

"김태호 총리 카드를 쓴다는 것은 박근혜가 독주하고 있는 대권구도에서 굉장히 중요한 변수를 낸다는 뜻이거든요. 그러니까 그것은 승부인데요, 승부는 늘 위험부담이 크잖아요, 부담이 클수록 승부가 통했을 경우에 오는 이익도 큽니다. 그런 면에서 보면 김태호 총리 카드는 굉장히 부담도 크고 따라서 성공할 경우에 이익도 굉장히 큰 카드입니다. 그래서 김태호 총리 내정자 이름을 보는 순간, '아. 이것은 대통령이 승부를 하는 것 같다.' 이런 느낌을 받았습니다. 그러한 정치적 고려나 배려가 아니었다면 이 시점에 김태호 총리 카드를 낼 상황이 아니라고 보는 겁니다."

즉 박근혜 독주체제를 흔들어서 혼돈으로 가는 데 MB가 주도적인 역할을 하고 있다는 분석이다.

하지만 김태호 카드는 정운찬 카드보다 더 비참하게 막을 내렸다. 김태호는 총리 후보로 지명된 지 21일 만에 자진사퇴하고 말았다.

만일 그가 김해을 보궐선거에서 승리하지 못했다면, 그는 정치권에서 잊혀진 존재가 되었을지도 모른다.

정몽준-김문수-이재오의 '반박 3각 연대'

2010년 6·2 지방선거와 2011년 4·27 재보궐선거 참패 이후, 한나라당 내 쇄신논의 과정에서 박근혜의 위상은 더욱 높아져갔다.

한나라당 소속 의원들이 그에게 도움의 손길을 내밀었고, 그는 기꺼이 그 손을 맞잡아 주었다.

박근혜가 비상대책위원장의 자리를 수락한 것이다.

하지만 당내에는 여전히 친이계가 다수의 세력으로 자리 잡고 있을 뿐만 아니라, 박근혜와 대권을 놓고 경쟁을 벌이고 있는 정몽준, 이재오, 김문수 등이 '반박(反朴) 3각 연대' 움직임을 보이고 있다.

실제로 2011년 5월 19일 정몽준은 김문수를 만나 그와의 연대방침을 밝혔다.

당권과 대권이 분리되어 있는 당헌당규를 개정해 대선주자들이 모두 정당대회에 출마해야 한다는 데 대해 견해를 같이한 것이다.

"경쟁도 협동하는 방법 중 하나인 만큼 김 도지사와 선의의 경쟁을 해나갈 것입니다. 김 도지사와는 대학 동기 · 동창이고 지난해 선거 때 같이 유세도 했지요. 잠재적인 경쟁 관계이기도 하고 궁극적으로는 협동 관계인 것입니다. 최근 당내에서 최대의 관심사로 떠오른 대권 · 당권 분리규정 개정안은 개정이 시급합니다. 당내 규정에 따라 선출직 당직 7명은 대선 출마가 제한돼 있는데, 이를 지켜보는 국민들이 얼마나 한심한 정당이라고 생각하겠습니까."

이에 김문수도 두 손을 들어 환영의사를 표했다.

"맞습니다. 대선에 나올 만한 사람이 모두 당을 못 끌면 도대체 누가 당을 이끌겠습니까. 정몽준 전 대표와 전적으로 같은 생각입니다."

이재오 역시 이들과 뜻을 같이 했던 것으로 알려졌다.

하지만 이들의 주장은 받아들여지지 않았다.

아무래도 '이들 3인 중 어느 한 사람을 당의 간판으로 내세워야 한다'는 점에 대해 당내 대다수가 부정적인 견해를 갖고 있었기 때문일 것이다.

박근혜 비대위 체제에 대해서도 연일 불만을 털어 놓는 등 박근혜 발목잡기에 나서는 모양새를 보이는 이들. 그러나 이들은 당장 내년 총선을 걱정해야 하는 딱한 처지에 놓이고 말았다.

먼저 정몽준의 경우를 보자.

그는 지난 2007년 대선 직전 무소속 꼬리표를 떼고 한나라당에 입당했다. 지난 16대 대선 당시 노무현 전 대통령과의 연대 파기를 선언하면서 정치적 휴지기를 가졌던 그가, 17대 대선에서 이명박 후보 지지 선언을 하고 한나라당에 입당한 것이다.

그는 2008년 7월 전당대회에서 최고위원에 올랐고, 당시 당대표였던 박희태가 10월 재보선 출마를 위해 대표직을 사퇴하자 대표직을 승계 받으면서 정치적으로 발돋움할 기회가 찾아왔다.

하지만 당대표로 있는 동안 각종 재보선에서 참패하는 등 정몽준은 리더십 부재라는 당내 비판에 직면하기도 했다.

특히 각종 현안에 대해 애매한 입장을 보여 당 소속 의원들로부터 비판을 받아왔다. 심지어 당시 연말 예산 국회에서 '이명박·정몽준·정세균' 3자회담을 단독으로 제안했다가 친이계로부터 직격탄을 맞기도 했다. 조율도 되지 않은 설익은 제안으로 원내전략을 흔들어 놨다는 것.

결국 그는 당대표 자리에 올랐으나, 힘 한 번 제대로 써보지 못한 채 맥없이 물러나야 했다.

김문수도 딱한 처지에 놓이기는 마찬가지.

특히 박근혜의 세종시와 김문수의 광교신도시가 묘하게 대비되고 있는 상황이다.

2010년 11월 말. 김문수는 광교신도시 입주민들로부터 '분양사기' 혐의로 형사고발 당할 처지에 놓인 적이 있다. 입주민들은 김문수에게 손해배상 청구는 물론 국민감사 청구운동 및 주민소환운동을 동시에 벌이겠다며 잔뜩 격앙된 모습을 보였다.

대체 어쩌다 이런 지경에 이르게 됐을까?

당초 경기도는 광교신도시 내 8만8235제곱미터 부지에 4930억 원을 들여 연면적 9만8천제곱미터 규모의 청사를 신축키로 하고, 2008년 10월 중앙투융자심사위원회 심사에서 적합 판정을 받았다. 지난 2009년 11월에는 신청사 디자인 당선작까지 선정했다.

그러나 행자부는 2010년 11월 초에 지자체의 청사 신축을 오는 2012년 6월까지 보류하도록 요구했고, 경기도는 마치 이를 기다리기라도 한 듯 "정부의 요청을 무시하고 청사 신축을 강행하기는 곤란하다”며 사실상 ‘백지화’ 입장을 밝혔다.

경기도의 이런 조짐은 이미 김문수의 발언을 통해 여러 차례 감지되었다.

실제 김문수는 11월 10일 국회 예결위원회 의원들과 가진 간담회에서 “도 청사 이전을 위해선 땅 값과 건축비 등 4천~5천억 원이 들어 어렵다”고 말하는가 하면, 비슷한 시기의 관훈클럽 초청 토론회에서도 “최근 도 재정이 매우 어려워 여기(도청이전) 쓸 형편이 못 된다”고 도 청사 이전 포기의사를 수차에 걸쳐 밝혀왔다. 그러자 경기도교육청과 중부지방국세청, 한국은행 경기본부 등은 행정타운 입주를 아예 포기하고 말았다.

그간 수차에 걸쳐 “광교신도시는 각종 행정기관과 기업이 함께 들어서는 명품신도시가 될 것”이라고 호언장담해왔던 김문수. 이로써 그는 자신의 약속조차 지키지 못하는 ‘불신 도지사’가 되고 만 것이다.

이러한 불성실하고 무책임한 모습은 ‘세종시 건설 약속 이행’을 위해 자신을 기꺼이 내던졌던 박근혜와 너무나 다르다.

여당 내의 친이계와 친박계 사이에 이른바 ‘세종시 대전’이 한창일 때, 박근혜는 시종일관 “국민과 맺은 약속대로 추진해야 한다”며 ‘원안 플러스 알파’를 밀어붙였고 끝내 이를 관철시켰다. 박근혜에게 붙은 ‘신뢰의 지도자’라는 수식어는 바로 이때부터 시작되었다.

물론 순탄한 길은 아니었다. 그 과정에 친이계 의원들로부터 집중 견제와 공격을 고스란히 당해야만 했던 것이다.

‘광교신도시’와 ‘세종시’

극명하게 다른 정책의 결과물은, 당연하게도 극명하게 다른 결과를 가져왔다.

각종 여론조사에 따른 박근혜와 김문수의 지지율이 큰 격차를 보이고 있는 것이다.

실제 여론조사 전문기관 리얼미터의 2011년 12월 셋째 주 주간 정례조사 결과에 따르면, 박근혜는 1주일 전 대비 0.8% 포인트 상승한 26.9%의 지지율을 기록, 2.7%포인트 하락한 안철수(26.3%)를 제치고 1위로 올라섰다.

반면 김문수의 지지율은 3.0%로 그 존재감이 극히 미미하다.

어쩌면 이는 신도시 건설 사안에 의해 갈려진 ‘불신 도지사’와 ‘신뢰의 지도자’라는 수식어의 차이인지도 모른다.

정몽준, 김문수와 함께 ‘3각 연대’의 한 축을 이루고 있는 이재오 역시 존재감이 미미하기는 마찬가지다.

그는 한때 ‘실세’, ‘왕의 남자’, ‘정권 2인자’로 불리며 언론의 주목을 받았으나, 대중으로부터는 외면을 받았다.

그가 특임장관직을 사임하고 당으로 복귀할 때 이렇게 말했다.

“이제 원래 친정인 여의도로 돌아갑니다. 불의와 타협하지도, 갈등의 중심에 서지도 않고 토의종군(土衣從軍 : 벼슬을 버렸음을 상징하는 '백의(白衣)'가 흙투성이가 되도록 몸을 낮춰 뛰겠다는 뜻)의 자세로 새로운 정치의 장을 열겠습니다. 낮은 자세로 정치를 처음 시작했던 마음으로 돌아가려고 합니다. 내 이름 앞에 붙던 '정권 2인자', '왕의 남자' 등의 수식어는 다 광화문에 내려놓고 정치인 이재오, 은평을 지역구 국회의원 이재오로 돌아가겠습니다."

그때만 해도 이재오가 당에 복귀하면, 친이계가 다시 뭉치고 당내 계파 갈등은 더욱 확산될 것이란 관측이 지배적이었다.

그러나 이 같은 예상은 완전히 빗나가고 말았다.

'왕의 남자'가 복귀했지만 당에서 그의 존재감은 찾기 힘들 정도가 되고 말았다.

연세대 황상민 심리학 교수는 이재오를 이렇게 평가했다.

"그는 이명박 정부로 복귀한 후, 개헌전도사를 자처하면서 정치권의 변화를 일으켜 보려고 했다. 하지만 박근혜라는 강력한 차기 주자의 보이지 않은 힘에 의해 옴짝달싹하지 못했다. 개헌을 이야기하면 할수록, 개헌으로 당권을 장악하려는 권력욕에 의한 개헌 노력처럼 보여질 뿐이었다. 이재오 의원의 정체이자 한계다. 그는 이제 한나라당 내에서 더 이상 특별한 사람이 아니다. 박근혜 전 대표가 지배하는 한나라당 내에서 더 이상 자신의 입지를 찾지 못하고 있는 과거의 넘버2 정치인이다. 보스가 쇠약해지면서 본인도 스스로 몰락을 체험하기 시작하는 집권세력 중의 한 사람에 불과한 상황인 것이다.”

결국 박근혜라는 태산 앞에서 정몽준, 김문수, 이재오의 '반박 3각연대'는 힘 한번 제대로 써보지 못한 채 맥없이 주저앉는 상황을 맞게 된 것이다.

독불장군 유시민의 몰락

통합진보당 공동대표인 유시민은 한때 야권의 강력한 대권주자로 거론되었으나, 지금은 사실상 무의미한 존재로 전락하고 말았다.

2011년 2월 20일의 여론조사 결과를 보자.

이날 한국경제신문과 GH코리아가 공동 실시해 발표한 여론조사에 따르면, 박근혜는 전체 응답자 중 38.1%의 지지를 받아 '부동의 1위' 자리를 고수했다.

2위는 박근혜를 제외하고 유일하게 두 자릿수 지지율(10.8%)을 기록한 유시민이 차지했다.

나머지 후보들은 변변치 못했다.

실제 오세훈은 6.1%의 지지율을 기록했고 손학규가 4.7%, 정동영이 4.2%, 김문수가 4.1%로 매우 낮았다.

이때만 해도 유시민이 박근혜의 강력한 대항마로 거론되고 있었다.

하지만 그의 욕심이 끝내 화를 자초하고 말았다.

유시민은 4·27 재보궐선거를 코앞에 둔 시점에 경남 김해을 야권 후보단일화에 대한 시민사회단체의 중재안을 거부하는 '몽니'를 부렸다.

이러다 유시민이 '제2의 노회찬'이 되는 것이 아니냐는 우려의 목소리가 나왔지만, 유시민은 아랑곳하지 않았다.

지난 6·2 지방선거 당시 노회찬은 민주당 한명숙과의 야권후보단일화를 거부, 결과적으로 한나라당 오세훈의 당선을 도운 일등공신이 되고 말았다.

그 결과 노회찬의 지지율은 바닥세를 면치 못하고 있다.

실제 그의 지지율은 한때 10%대를 상회했고, 언론은 노회찬을 야권 유력대선주자 가운데 한 사람으로 꼽기도 했다. 그러나 지방선거 이후 그의 지지율은 곤두박질쳤다. 지금 그의 지지율은 아예 대선주자 반열에 이름을 올리기조차 부끄러울 만큼 초라하기 그지없다.

그것처럼 유시민이 민주당과의 야권후보 단일화를 거부함으로서 김태호 전 경상남도지사 당선의 일등공신이 될지도 모른다는 우려의 목소리가 나왔다.

그리고 그럴 조짐이 실제 나타나기도 했다.

당시 희망과대안·한국진보연대 등 시민사회단체는 국회에서 기자회견을 열고 그동안 4·27 재보궐선거 김해을 야권 후보 단일화를 위해 내놓은 중재안에 대한 협상이 유시민의 거부로 결렬됐다고 선언했다.

유시민은 시민단체의 중재안을 거부하면서 '고비용 불공정 경선'이라는 등 이런저런 이유를 들먹였지만, 명분이나 설득력이 취약했다.

유시민은 "죽든 살든 정당끼리 책임지겠다. 단일화가 안 돼도 좋다. 6·2 지방선거 때처럼 정당끼리 막판 단일화할 테니 능력 없는 시민단체는 빠져라"라는 식으로 말했다고 한다.

물론 이 발언은 당시 그 자리에 참석했던 한 시민단체의 관계자가 전한 말이니, 약간의 과장이나 가감(加減)이 있을지는 모르겠다. 그러나 발언 주요내용에 대해서는 다수의 참석자가 인정했다. 즉, 유시민이 독자적으로 민주당과 정치적으로 타결하고 싶어 했다는 뜻이다.

아마도 양당 간 정치협상으로 쟁점을 매듭지으면 시민사회단체의 중재안보다도 훨씬 자신에게 유리한 쪽으로 결정을 할 수 있다는 자신감을 가지고 있는 것 같다.

결국 그의 뜻대로 이뤄졌다.

실제 유시민은 시민단체의 야권후보 단일화 중재안을 거부하고, 자신들에게 유리한 100% 여론조사 방식을 고집하여 끝내 이봉수 후보를 야권단일후보로 만들고야 말았다.

항간에는 한나라당 지지자들이 이봉수 후보를 본선에 올리기 위해 '역선택'을 했다는 말들도 흘러나오고 있는 상황이었다.

심지어 김해을 선거가 자칫 지난 6·2 지방선거에서 나타났던 경기지사 선거의 재판이 될 수 있다는 우려의 목소리가 흘러나오기도 했다.

즉, 당시 '정권 심판론'으로 경기도 내 기초 자치단체장 선거 및 도의원 선거에서는 야당이 압승을 거두었는데도 정작 도지사 선거에서는 민주당 김진표와 후보단일화를 이룬 유시민이 한나라당 김문수에게 패배한 악몽이 재연될 수도 있다는 것이다.

2010년 6·2 지방선거 때 유시민은 당시 민주당 후보였던 김진표와 경기도지사 후보단일화를 위한 경선에서 승리했다. (경선은 '전화조사 방식의 국민참여경선 50% + 여론조사 50%'로 진행됐다.)

당시 한나라당 김문수와의 대결에서 경쟁력을 묻는 여론조사는 유시민이 유리할 것이라는 것이 대체적인 전망이었다. 전화조사 참여경선 역시 김진표에게는 그다지 유리할 게 없는 상황이었다.

민주당은 당초 현장 투표 50%와 여론조사 50% 반영을 제안했었다.

그러면 민주당은 왜 이 같이 김진표가 전적으로 불리한 경선 규칙에 합의한 것일까?

유시민의 고집 때문이었다.

결국 표의 확장성에서 김진표보다 밀린다는 평가를 받던 유시민은 김문수에게 패하고 말았다.

그런 그가 김해을에서 또 민주당을 울린 것이다.

하지만 모두가 예상했던 대로 유시민의 고집에 의해 야권단일 후보 이봉수는 당시 한나라당 후보였던 김태호에게 완패를 당했다.

이는 결국 유시민에게 부메랑이 되어 돌아왔다.

김해을 단일화 협상과정에서 시민단체의 중재안을 거부하며 민주당 등으로부터 '떴다방 정치', '분열주의' 등의 비판을 받은 그의 추락은 이미 예견된 것이었는지도 모른다.

실제 이 같은 민심은 여론조사에서도 고스란히 반영되고 있다.

여론조사기관 리얼미터의 2011년 12월 셋째 주 여론조사결과를 보면, 유시민 지지율은 3.8%로 존재감을 찾기 어렵게 됐다.

이는 선두 다툼을 벌이고 있는 박근혜(26.9%)와 안철수(26.3%)는 물론, 야권 선두주자인 문재인의 지지율 8.3%의 반토막도 안 되는 것이다.

중도표심을 외면한 손학규

손학규가 10·3 민주당 전당대회에서 승리하자, 2012년 대통령 선거는 결국 '박근혜와 손학규의 한판 승부가 벌어질 것’이라는 예상이 나왔었다.

당시 각종 여론조사를 보면 차기 대권주자 지지도에서 민주당 인사들의 존재감은 극히 미약했다. 손학규가 가장 앞서고 있으나, 겨우 5%를 넘기는 수준에 불과했다.

여당의 박근혜의 지지율이 30% 내외인 것에 비하면 너무도 미흡한 셈이다.

심지어 손학규의 지지율은 한나라당 친이계 후보감으로 거론되는 김문수나 오세훈의 지지율에도 미치지 못하는 상태였다. 뿐만 아니라 야권의 유시민 지지율에도 한참 못 미치는 수준이었다.

그러나 전당대회 승리로 ‘이런 지지율에 엄청난 변화가 일어날 것’이라는 전망이 나온 것이다. 그동안 뚜렷한 지지자를 찾지 못해 갈팡질팡했던 야권 성향의 유권자들이 급격하게 손학규 쪽을 향하게 될 것이란 분석 때문이다.

특히 2011년 4·27 재보궐선거에서 ‘사즉생’의 심정으로 경기도 성남시 분당을에 출사표를 던진 것은 그의 위상을 한층 높이는 계기가 됐다.

2011년 3월 30일. 손학규가 드디어 출마표를 던졌다.

“대한민국의 분열을 도저히 인정할 수 없습니다. 잘사는 사람을 증오하고, 못사는 사람을 비웃고, 특권과 반칙만이 성공의 지름길이 되고 있습니다. 서로가 서로에게 오직 경쟁자이고, 적이 되어가는 이 모습은 우리가 꿈꿔왔던 대한민국의 미래가 아닙니다. 강남민국과 강북민국을 인정하지 않고, 보수의 대한민국과 진보의 대한민국이 따로 있다고 생각지 않습니다. 부자들의 대한민국, 중산층의 대한민국, 서민들의 대한민국이 따로 있다는 생각에도 동의하지 않습니다. 우리는 하나여야 합니다. 이 나라를 지금의 모습 그대로 우리 아이들에게 물려줄 수 없습니다. 대한민국을 바꿔야겠고, 저는 그 책무를 마다하지 않겠습니다. 우리 사회에 퍼진 냉소와 체념을 극복하겠습니다. 저는 대한민국의 중산층이 분열과 차별, 특권과 반칙의 사회를 용인한다는 데 공감하지 않습니다. 우리나라가 만일 대한민국의 중산층과 서민을 서로 떼어내어 편을 가르고자 한다면 대한민국의 희망은 없습니다. 지금 이대로가 좋다는 세력과 미래를 위해 바꾸어야 한다는 세력의 대결이 될 것입니다. 대한민국은 변해야 한다는, 함께 잘살아야 한다는 신념에 대해 분당구민들의 신임을 요청합니다. 대한민국 변화의 대장정을 떠나도 될지 분당구민들의 동의를 얻고자 합니다. 제가 가야 할 길을 분당구민들이 선택해 주길 바랍니다.”

그는 출사표에서 ‘민주당’ 이라는 단어는 언급조차 하지 않았다. 물론 중도표심을 끌어 오기 위한 전략이었다.

그의 전략은 적중했고, 손학규는 마침내 중도층의 지지를 받아 ‘분당을 대첩’ 에서 승리했다. 이와 동시에, 경남 김해을에 출마한 국민참여당 이봉수 후보의 낙선으로 치명적 내상을 입고 쓰러진 유시민을 대신해 차기 대권 선두주자로 자리매김하는 발판을 구축하게 된 것이다.

이후 예상했던 대로 손학규에게로 급격한 표 쏠림 현상이 나타났다.

급기야 박근혜와 손학규의 지지율 격차가 10%대로 좁혀졌다는 여론조사 결과가 나오기도 했다.

적어도 손학규가 이제는 더 이상 '난쟁이 주자'가 아니라는 사실을 입증한 것이다.

실제 〈한겨레〉와 한국사회여론연구소가 2011년 4월 30일 실시한 여론조사 결과 손학규의 지지율은 10.6%로 크게 올랐다. 반면 그동안 야권 지지율 1위를 달리던 유시민 국민참여당 대표는 크게 하락해 6.4%가 됐다.

여권에서는 김문수가 4.3%, 오세훈이 3.9%를 기록했고, 이회창이 2.9%, 정동영이 1.6%로 뒤를 따랐다.

손학규는 여론조사 기관인 리얼미터가 4월 28일 실시한 여론조사에서도 전 주보다 5.0% 오른 13.5%를 기록해 11.0%를 기록한 유시민 국민참여당 대표를 눌렀다.

한명숙이 5.5%로 4위, 정동영이 4.8%, 오세훈이 4.5%, 김문수가 4.0%, 정몽준이 2.8%, 이회창이 2.1%로 뒤를 이었다.

손학규가 드디어 유시민을 제치고 야권 선두주자가 된 것이다.

하지만 불행하게도 이런 영광은 그리 오래 가지 못했다.

손학규는 자신의 장점인 표의 확장성을 살리지 못하고, 민주당 강경파에 이끌려 다니는 보습을 보이고 말았다. 즉 그를 지지했던 중도층이 바라는 방향으로 가지 않고, '좌 클릭', 그것도 '더블 좌클릭' 하고 만 것이다. 한마디로 중도표심을 잡아야 하는데, 오히려 그들을 배신한 셈이다.

〈한국일보〉가 2010년 6월 실시한 여론조사에 따르면, "자신의 이념 성향이 어디에 속한다고 생각하느냐"는 질문에 응답자의 42.4%가 '중도'라고 대답했다.

반면 자신을 '보수'라고 답한 응답자 비율은 28.2%, '진보'는 23.2%에 불과했다. 모름·무응답은 6.2%였다.

과거 진보와 보수 및 중도가 모두 30% 내외로 엇비슷했던 것에 비하면, 중도성향의 유권자가 가파르게 증가한 셈이다.

따라서 중도 표심을 잡지 못하면, 그게 누구건, 보수정당의 후보건 진보정당의 후보건 모두 낙선의 고배를 마실 수밖에 없다.

한 정치 평론가는 이렇게 말했다.

"손학규는 표의 확장성을 가지고 있습니다. 민주당의 한계를 극복할 유일한 대안이었습니다. 그래서 '민주당의 손학규화'를 기대했는데, 당내 지지기반이 취약한 손학규는 당내 강경파들에 끌려 다녔고, 결국 '손학규의 민주당화' 모습을 보이고 말았습니다."

실제 급격한 좌클릭을 선택한 손학규는 끝내 중도표심을

잡는 데 실패했고, 이는 여론조사에서 참혹한 결과로 나타났다.

여론조사 전문기관 리얼미터의 12월 셋째 주 주간 정례조사 결과에 따르면, 손학규의 지지율은 3.0%로 유시민의 지지율 3.8%에도 못 미치고 있다.

손학규가 야권 선두주자에서 다시 예전처럼 '도토리 주자'로 추락한 것이다.

'노무현 프레임'에 갇힌 문재인

2001년 8월. 문재인의 지지율이 지속적인 상승세를 보이면서 급기야 손학규를 제치고 야권 대선주자 가운데 1위로 올라섰다.

여론조사 전문기관 리얼미터에 따르면 8월 첫째 주 주간 정례조사 결과 차기 대선주자 중 한나라당 박근혜가 32.2%로 1위를 유지했으며 이어 문재인이 전 주 대비 1.6%포인트 상승한 9.8%로 2위를 차지했다.

반면에 손학규는 9.4%로 3위로 밀려났다.

리얼미터의 여론조사에서 문재인이 손학규를 추월한 것은 그때가 처음이다.

문재인의 부각은 야권 내의 정치 상황과도 무관치 않다.

손학규를 비롯해 정동영, 정세균, 박주선, 천정배 등은 좀처
럼 지지율의 변화가 없고, '도토리 주자' 위치에서 벗어나지
못하고 있는 상황이다.

이런 상황에서 야권 지지자들은 문재인을 대안으로 주목하
게 된 것이다.

그러자 일부 언론에서는 이른바 '문재인 대세론'이 시작됐
다는 보도를 내놓기도 했다.

문재인은 지난 4·27 김해 보궐선거 후 친노 진영의 대안으
로 급부상했다.

그는 야권통합 과정에서 시민사회 인사들이 주축이 된 야권
통합 원탁회의 멤버로 이름을 올리고 본격적인 정치활동을 시
작했다.

실제 그는 당시 국회에서 열린 '희망 2013·승리 2012 원탁
회의'에서 "2012년 승리를 위해 범야권 대통합이 가장 확실하
고 실효성 있는 방안이라고 생각한다"며 통합을 위한 전도사
역할을 예고했다.

베스트셀러에 오른 자서전《문재인의 운명》은 그의 인지도
를 한껏 높여주는 계기가 되기도 했다.

이에 따라 문재인은 친노 진영의 '대망론'에 걸맞는 명실상
부한 야권 대선주자로 자리매김하게 될 것이라는 관측이 나오
기도 했다.

특히 문재인이 야권통합 과정에서 역할을 한 뒤 내년 총선

에서 부산·경남 지역에 직접 출마하거나 후보들의 선거를 지
원해서 '문풍'을 일으킬 경우, '문재인 대망론'에 힘이 실릴
것이란 전망도 있다.

정권교체를 위해선 박근혜의 영역에 놓여 있는 영남권에서
의 득표가능성이 중요하기 때문이다.

사실 영남권 신공항 백지화에 이어 부산저축은행과 한진중
공업 노사분규 사태로 인해 부산·경남의 민심이 요동치고 있
는 상황이기 때문에 문재인은 '괜찮은 카드'에 속한다.

더구나 지난 대선과 총선에서 MB와 한나라당을 열광적으
로 지지했던 PK민심은 이미 차가워질 대로 차가워진 상태.

한나라당 의원들도 이 같은 민심을 전하고 있다.

김정훈 의원은 "부산경남이 MB를 압도적으로 지지해 줬는
데 신공항 백지화 이후 정부에서 해 준 게 아무것도 없다"면서
"김대중 정부 때도 인사에서 부산사람을 이렇게 배제하지 않
았다. 대구·경북이나 광주에 비해서도 인사나 예산에서 소외
당했다고 느끼는 게 부산 민심"이라고 말했다.

따라서 '문풍'을 일으키기는 그리 어렵지 않아 보인다.

하지만 문재인은 곧 '노무현 프레임'이라는 한계에 봉착하
고 말았다.

실제 야권에선 문재인의 역할을 '페이스메이커'로 규정짓
는 이들도 상당수다.

실제 민주당의 한 관계자는 "문재인은 민주통합당의 대선

경선이나 야권 후보단일화 과정에서의 '불쏘시개'로 '흥행 카드' 정도의 역할을 기대하는 정도"라며 "문재인의 역할은 내년 총선과 통합야권의 대선후보 경선과 함께 마침표를 찍게 될 것"이라고 말했다.

즉 '노무현 프레임'의 한계로 인해 문재인이 그 이상 더 나아가기는 어려울 것이란 뜻이다.

노무현 프레임 논란은 과거 열린우리당 민주당의 합당 논의 때에도 불거져 나온 바 있다.

당시 18대 총선 불출마를 선언했던 김한길은 "노무현 대통령의 변화를 더 이상 기대할 수 없다고 판단하고 동료의원 23명과 함께 집권 여당 탈당까지 결행했지만 오만과 독선의 노무현 프레임을 끝내 극복하지 못한 데 대한 책임을 느낀다"며 당내 친노그룹을 정조준 했었다. 정대철 역시 "열린우리당을 실패한 집단으로 인정하고 DJ와 노무현의 프레임을 한꺼번에 뛰어넘어야 한다"고 강조했었다.

그런데 지금 친노 핵심 인사인 문재인의 등장으로 '노무현 프레임' 문제가 다시 민주당 일각에서 불거져 나오고 있는 것이다.

이런 상황에서 문재인은 민주통합당 전통 지지기반인 호남에서의 지지를 기대하기 어렵다.

아니나 다를까, 그의 지지율은 2011년 8월 이후 제자리걸음을 하고 있다.

좀처럼 치고 올라갈 기미를 보이지 않고 있는 것이다.

실제 여론조사 전문기관 리얼미터의 12월 셋째 주 주간 정례조사 결과에 따르면, 박근혜가 26.9%의 지지율을 기록했고, 안철수가 26.3%를 기록한 반면, 문재인의 지지율은 8.3%에 그쳤다.

두 자릿수는커녕, 오히려 8월 조사 때보다도 지지율이 더 떨어지고 만 것이다.

'제2의 고건' 길을 걷는 안철수

이른바 '안철수 신드롬'이 10·26 서울시장 재보궐선거 이후, 박근혜 대세론을 위협하는 강력한 안풍(安風, 안철수 바람)으로 돌변했다.

YTN과 중앙일보, 동아시아연구원(EAI)이 재보선 직후인 2011년 10월 29일 한국리서치에 의뢰, 전국 성인 남녀 800명을 대상으로 여론조사(오차범위는 95% 신뢰수준 ±3.5%포인트)에서, 안철수가 25.9%로 박근혜를 한 자릿수 이내로 바짝 추격한 것으로 나타났다.

특히 리얼미터 여론조사 결과는 '안풍'의 위력이 간단치 않음을 전하고 있다.

실제 여론조사 전문기관 리얼미터의 10월 넷째 주 주간 정례조사 결과에 따르면, 안철수는 재보궐 선거 전인 지난주 대비 4.8%포인트 상승한 26.3%를 기록한 반면 박근혜는 2.8%포인트 하락한 26.1%로 안철수가 0.2%포인트 격차(오차범위 ±1.6%포인트 이내)로 앞섰다.

박근혜가 지금까지 다자구도에서는 단 한 차례도 선두를 뺏긴 적이 없었다는 점에서 리얼미터의 여론조사 결과는 가히 충격적이라 할만하다.

어느 날 갑자기 혜성처럼 나타난 '안철수 신드롬'이 급기야 '안풍'으로 돌변해 정국을 강타하고 있는 것이다.

그렇다면, 왜 이 같은 현상이 나타나게 된 것일까?

'반MB(반 이명박) 비민주' 정서 때문이다.

각종 여론조사 결과에 따르면 MB의 국정지지도는 사실상 '사망선고'라고 할 수 있는 20%대로 폭삭 주저앉은 지 이미 오래다.

반면 국정수행을 잘못하고 있다는 부정적 평가는 60%에 육박하거나 60%를 넘어선 조사도 있다.

그런데도 여전히 정당 지지율에 있어서는 제1야당인 민주통합당의 지지율이 한나라당의 벽을 넘어서지 못하고 있다.

실제 여론조사 전문기관 리얼미터의 12월 셋째 주 주간 정례조사 결과에 따르면, 정당지지율에서 한나라당이 1.2%포인트 상승한 29.9%의 지지율을 보였으나, 민주당은 1.3%포인트 하락한 22.2%를 기록했다.

즉 MB에 대한 국민의 분노가 이번 선거에서 민주당이 아닌 무소속 박원순을 지지하게 만들었다고 해도 과언이 아닐 것이다.

그러나 이것은 분명히 제1야당인 민주당에 대한 지지와는 거리가 멀다.

실제 〈한겨레〉의 최근 정치세력에 대한 선호도를 묻는 설문에서 이 같은 현상이 적나라하게 드러났다.

'손학규·정동영 등 민주당 세력' 선호도는 11.1%에 불과한 반면, '박근혜 등 한나라당 세력' 선호도는 무려 40.0%에 달했다.

결국 유권자들은 민주당이 아닌 '제3의 대안 정당'을 갈망하고 있거나, 아니면 박근혜가 머물러 있는 한나라당이 그런 역할을 해주기를 고대하고 있다는 뜻 아니겠는가.

이런 의미에서 '안철수 신드롬'은 '고건 신드롬'과 닮은꼴이라고 할 수 있다.

사실 상당수의 전문가들은 안철수의 대선 출마가능성을 그리 높게 보지 않고 있다.

실제 언론인 출신인 남재희 전 노동부 장관은 최근 인터넷 신문 〈프레시안〉과의 인터뷰에서 이렇게 말했다.

"안철수가 정치권에 들어가서 성공적으로 역량 발휘를 할 수는 없을 것이라고 봅니다. 현재의 안철수는 일종의 신화입니다. 현실 정치에 들어오면 안철수도 힘을 발휘하지 못할 것입니다. 야권이 통합되어서 추대 형식으로 안철수를 모실 때까지 구름 위에서 내려오지 않으려 할 것입니다. 특히 안철수 현상에 대해서는 의구심이 있습니다. 너무 정책 방향 제시가 없습니다. 안철수가 구름 위에 있다고 했는데, 풍선 같은 것 아닌가하는 생각이 듭니다. 풍선은 바늘 한 번만 찔러도 푹 꺼지는 것입니다. 만약 인격적인 결함 같은 게 나오면 꺼질 수 있습니다. 그리고 정당은 조직 사회인데 조직에 속한 것도 아닌 안철수는 지도자로 상당히 위험합니다."

정치평론가 고성국 박사도 최근 이런 말을 했다.

"안 교수는 정치권에서보다 밖에 있을 때 강점이 있습니다. 따라서 야권 통합 과정에서 하나의 수단으로 이용될 가능성이 높습니다. 대중들 역시 안 교수를 지지하지만 대선에는 안 나왔으면 하는 욕구가 있습니다. 아직 젊은 데다 검증을 받지 않은 점 등을 고려했을 때 차차기를 노릴 가능성이 높습니다."

사실 '안철수' 하면, 가장 먼저 떠오르는 이름이 바로 '고건'이다.

안철수와 고건은 지지율과 인기 원인, 개인성향 등에 있어서 너무나 흡사하기 때문이다.

고건은 18대 대통령 선거를 앞두고 한때 지지율이 40%를 웃돌며 인기 절정에 도달했었다.

하지만 고건은 출마조차 못한 채 중도에서 추락하고 말았다.

당시 그의 인기는 참여정부의 무능과 노무현 전 대통령의 가벼운 입으로 인해 집권 세력에 염증을 느낀 국민들의 반감, 그렇다고 해서 제1야당인 한나라당을 지지하고 싶지도 않은 민심이 반영된 결과였기 때문이다.

즉 고건이 제시한 정책이나 비전 등을 보고 그를 지지한 것이 아니라, 다분히 '반(反)노무현 비(非) 한나라' 정서에 따른 '반사이득' 을 챙겼을 뿐이라는 말이다.

다시 말해서 고건 스스로 만들어낸 지지율이 아니라 언제든지 떠나버릴 수 있는 일시적 지지율에 불과했다는 뜻이다.

이는 최근 정국을 강타하고 있는 '안철수 신드롬' 이 '반MB 비민주' 정서에서 비롯된 것과 너무나 닮았다.

특히 고건은 당시 '대안 부재론' 에 기대어 범여권에서 자신을 대선 후보로 추대해 주기만을 목이 빠지게 기다렸다.

하지만 정치권이 어디 그리 녹록한 곳이던가. 진흙탕 싸움을 벌이겠다는 의지 없이는 결코 한 정당의 대선 주자가 될 수 없다.

결국 그는 중도에 출마포기를 선언할 수밖에 없었다.

안철수 역시 마찬가지다. 그에게 정말 '진흙탕 싸움' 을 불사할 권력의지가 있을까?

어쩌면 그는 고건보다 그런 의지가 더 약할지도 모른다.

남재희의 지적처럼 추대 형식으로 그를 모실 때까지 구름 위에서 내려오지 않으려 할 가능성이 매우 높다.

결국 고건 신드롬이 물거품처럼 사라졌던 것처럼, 안철수 신드롬 역시 '한여름 밤의 꿈'으로 막을 내리게 될 것 같다.

특히 양당제 국가에서 '제3후보'가 성공한 사례는 극히 드물다.

미국에서도 한 때 '제3후보'가 돌풍을 일으키며 주목받은 바 있다.

1980년 대선 당시 존 앤더슨과 1992년 대선 당시 로스 페로가 그 주인공들이다.

이들 두 후보의 등장은 현직 대통령의 인기가 매우 낮았다는 점과 중도 표심의 지원을 받았다는 공통점이 있다.

실제 1980년 대선 당시 지미 카터 대통령의 인기는 형편없었다. 1992년 조지 부시 대통령 역시 인기가 매우 낮았다.

결과적으로 현직 대통령의 낮은 인기가 '제3의 후보'를 에게 길을 열어 준 셈이다.

하지만 제3후보들의 결과는 참혹했다.

존 앤더슨은 한때 여론조사에서 26%의 지지를 받으며 제3후보로 돌풍을 일으켰으나, 선거가 임박하면서 양당 지지표심의 결집으로 그의 득표율은 7%에 그치고 말았다.

로스 페로 역시 19%의 높은 지지율을 얻었지만, 양당제의 높은 벽을 뛰어 넘기에는 역부족이었다.

우리나라 역시 사실상 한나라당과 민주당의 양당체제 국가인데도 미국처럼 '제3후보'가 주목받은 일이 있다.

2008년 대선 당시 여론조사에서 무려 40%대의 지지를 받앉던 고건이 그 주인공이다. 당시 한나라당 대선경쟁자인 박근혜는 물론, MB의 지지율을 압도하는 대단한 지지였다.

그 역시 미국의 경우처럼, 현직 대통령의 인기가 형편없을 때 '제3후보'로 주목받은 것이다. 실제 당시 고(故) 노무현 대통령의 지지율은 20%~30%대를 오락가락할 만큼 매우 낮았다.

하지만 고건 역시 미국 제3의 후보들처럼 실패하고 말았다.

안철수 역시 마찬가지다.

그의 높은 지지율은 고건 때처럼 현직 대통령에 대한 지지율이 형편없다는 공통점을 지니고 있다.

그러다보니 중도 표심이 그를 지지하고 있으며, 각종 여론조사에 안철수의 지지율이 상승세를 타고 있는 것이다.

하지만 전문가들 사이에서 안철수가 대통령이 될 것이라고 믿는 사람은 그리 많지 않다.

그가 출사표를 던지는 순간, 진보성향 유권자들과 보수성향 유권자들이 강력하게 결집할 것이기 때문이다.

이미 그런 조짐이 나타나고 있다.

실제 차기 대선 다자구도에서 박근혜가 5주 만에 1위로 올라선 것으로 나타났다.

여론조사 전문기관 리얼미터의 12월 셋째 주 주간 정례조사 결과에 따르면, 박근혜는 1주일 전 대비 0.8%포인트 상승한 26.9%의 지지율을 기록, 2.7%포인트 하락한 안철수(26.3%)를 제치고 1위로 올라섰다.

앞으로도 이런 추세는 지속될 것이다. 결국 안철수는 '제2의 고건' 처럼 중도에서 탈락할 가능성이 매우 높다.

제3장

대세론의 함정—새 변수 대해부

박근혜 대세론은 여전히 유효하다

박근혜의 대세론은 확고한 편이다. 과거 이회창의 대세론과는 차원이 다르다. 오히려 김영삼, 김대중 전 대통령 이후 확고한 지지기반을 가진 유일한 정치인으로 평가 받는다. '안철수 바람'에 잠시 흔들렸지만 박근혜 대세론은 여전히 유효하다. 각종 여론조사에서 박근혜는 다른 후보에 비해 적게는 두 배, 많게는 서너 배의 지지율로 여타 후보를 압도하고 있다.

높은 지지율 보다 더 큰 장점은 선거에서 이길 수 있는 5~10%의 확고한 표를 갖고 있다는 점이다. 이는 선거 때마다 엄청난 파괴력으로 입증됐다. 한나라당 대표시절 열린우리당과의 재·보선에서 40대 0의 완승을 기록할 정도로 열린우리당에 연전연패를 안겨줬다. '선거의 여왕'이라는 별명은 이 때 붙여진 것이다. 이번에 서울시장 보궐선거에서 지원한 나경원 한나라당 후보가 패함에 따라 명성에 어느 정도 타격을 받았지만 전혀 다른 해석도 있다. 어려운 여건 속에서 46%의 득표율을 올린 것은 박근혜의 지원에 힘입은 것이라는 분석이 바로 그것이다. 실제 박근혜가 방관자로 지켜본 선거에서 한나라당이 거둔 성적은 항상 초라했다.

박근혜가 비대위원장을 맡게 됨에 따라 여권 후보경쟁에서 일단 유리한 고지에 올라섰다. 지지율에서 여타 후보를 압도하는 상황에서 비상대권을 쥠에 따라 여권 내 대세론에 한층 탄력을 붙일 수 있게 된 것이다. 특히 친박계를 해산하면서 당초 60여 명이었던 박근혜 지지자는 조만간 100여 명으로 늘어날 가능성이 높다. 주이야박(낮에는 친이, 밤에는 친박)은 옛말이다. 상당수 친이계 의원들이 이미 박근혜 지지로 돌아서는 상황이다. 물론 4월 총선결과가 중대한 변수가 될 수 있다. 민심 이반 속에서도 탄핵역풍 때 거둔 121석 이상의 성적를 올린다면 대선전에도 유리한 고지에 올라설 수 있을 것이다. 거꾸로 총선에서 초라한 성적표를 받아든다면 위기를 맞을 수도 있다.

아주 특별한 '박근혜 현상'

2007년 12월 19일, 역대 대통령선거 사상 최저 투표율인 63%를 기록했던 17대 대선.

11,492,389표(48.7%)를 얻으며 당선된 MB는 취임 3개월 만에 레임덕(Lame Duck, 공직자의 임기 말 권력누수 현상을 일컫는 말) 현상에 빠지고 말았다.

2008년 5월. 이제 한나라당 내에서 더 이상 MB의 눈치를 볼만큼 어리석은 사람은 존재하지 않는 것 같았다. MB의 눈치를 보다가는 국민들로부터 지탄을 받게 될 분위기였다.

실제 MB의 지지율은 비참할 정도였다.

어제가 최악인 줄 알았는데 갈수록 더 떨어져, 오늘 또다시 새로운 기록을 갱신하고, 그나마 내일조차 기약할 수 없는 상황. 국민의 불신은 갈수록 골이 깊어지고 있었다.

이런 상태에서 MB를 만나러 간 한나라당의 대표 강재섭이

‘찍소리’ 한 번 제대로 못하고 왔다는 소식이 들려왔다. 이에 한나라당 의원들은 노골적으로 분통을 터뜨렸다.

원희룡은 “대통령의 눈치를 지나치게 의식한 때문인지 모르지만, 이는 당 대표로서의 역할을 포기한 것”이라며 강재섭을 강하게 비난했다.

당내 친이계인 공성진도 “정국 상황의 쇄신책으로 많은 국민들이 당에서 국민 여론을 정확하게 전달하기를 기대했건만, 그 결과의 모양새가 좋지 않았다”고 질타했다.

이에 대해, 며칠 뒤 강재섭이 자신의 억울함을 호소하고 나섰다. 여의도 중앙당사에서 열린 최고위에서 “지난 19일 이명박 대통령과의 정례회동에서 책임총리제 강화 등 민심수습책을 건의했다.”고 밝힌 것이다.

결국 ‘대통령 앞에 가서 찍소리도 못했다는 것은 사실과 다르다’고 당내 의원들을 상대로 항변을 했던 것이다. 이 얼마나 우습지도 않은 꼴인가.

그런데 ‘이 대통령과 독대하면서 하고 싶은 말은 다했다’는 사실을 강재섭이 뒤늦게 공개한 이유가 무엇이었을까?

침몰하는 MB와 운명을 같이하지 않겠다는 ‘자주 선언’ 아니었을까?

사실 MB 정권의 행보는 취임 초부터 도통 봐주지 못할 꼴이었다.

국민의 불신은 이미 위험수위를 넘어섰고, 온 · 오프라인을 가리지 않고 '대통령 탄핵'이라는 표현이 공공연하게 거론되고 있었으며, 중고등학생까지 촛불을 들고 거리로 나섰다. 뿐만 아니라 인터넷에는 MB의 퇴임까지 얼마가 남았는지 계산해 주는 '이명박 퇴임시계'가 등장해 눈길을 끌었다. MB의 남은 임기가 초 단위까지 나와 있는 이 시계는 블로그와 인터넷 카페 등을 통해서 빠르게 확산되기도 했다.

이런 상황에서 국민들은 '한나라당 대통령 후보경선'에 대해 뒤늦은 아쉬움을 토로할 수밖에 없었다.

그 아쉬움의 대상은 바로 '박근혜'였다.

MB 지지율이 폭락하는 속에, 박근혜가 각종 언론의 스포트라이트를 받으며 화려하게 부활하고 있는 것은 그래서다. 2008년의 18대 4·9 총선에서 이른바 'MB 마케팅'을 사용한 이재오와 이방호 등이 낙선하고, 반면에 '근혜 마케팅'을 사용한 홍사덕과 김무성 등이 당선된 것도 이 같은 현상을 증명하는 사례다.

또한 6·4 재보궐선거 당시, 한나라당이 "이번 선거를 이명박 정부에 대한 평가와는 무관한 지역선거로 규정하고 있다"고 목소리를 높였던 것도 이 때문인 것이다.

각종 선거에서 걸림돌로 작용하고 있는 MB.

여권의 주요한 득표 요인으로 떠오른 박근혜.

대구 서구청장 후보로 출마한 사람들이 너나 할 것 없이 박근혜와의 인연을 강조하고 나선 것이 바로 이 때문이었다. 국민들 사이에서는 물론 한나라당 내에서도, 박근혜는 무시할 수 없는 존재로 부각된 것이다.

당시 친박복당 문제가 떠올랐을 때, 차기 당대표를 꿈꾸는 사람이나 원내대표로 사실상 확정된 사람들은 모두 박근혜에게 힘을 실어주는 모습이었다.

실제 박희태, 홍준표 등은 "가급적 빨리, 되도록 많이"(박희태) "최우선 복당 추진"(홍준표)과 같은 발언을 아끼지 않으며 박근혜의 요구를 적극 수용하는 모습을 취했다.

이런 판국이니 대한민국의 대통령은 레임덕 현상에 빠져 허우적대는 MB가 아니라 박근혜가 아닌가 하는 착각이 들어도 이상할 것 없으리라.

이런 시점에서, 박근혜에게 "이제는 나서라"며 커다란 액션을 주문하는 목소리들이 여기저기서 불거져 나왔었다.

심지어 박근혜의 과거 측근이었던 김재원 전 의원은 인터넷 언론과의 인터뷰에서 이렇게 등을 떠밀었다.

"이제는 박근혜 전 대표가 나서지 않으면 안 될 상황입니다."

그런데 당장 박근혜가 할 수 있는 역할은 아무 것도 없었다.

더구나 청와대와 한나라당 모두가 그에게 힘을 실어주지 않으려는 분위기였다.

오히려 청와대는 박근혜가 뜨는 것을 극도로 경계하고 있었다.

'박근혜 대북특사설 해프닝'이 그럴듯한 증거다.

사건의 전말은 이렇다.

2008년 7월 23일 오후 1시경, 한나라당 차명진 대변인의 국회 브리핑을 통해 대북특사설이 처음 도마 위에 올랐다.

"박희태 대표가 최근 꼬인 남북관계를 풀어내고 금강산 관광객 피살사건에 대한 북측의 명백한 사과와 향후 조치를 받아내기 위해 '한나라당에 계신 훌륭한 정치인'을 대북특사로 파견하도록 대통령에게 건의할 예정입니다."

이때 현장에 있던 한 기자가 "유력한 대북특사로 박근혜 전 대표를 언급하는 것이냐"고 물었고, 차명진은 "기자들이 알아서 생각하라"며 굳이 부인하지 않았다.

그러자 같은 날 오후 5시 30분경, 뜻밖의 상황이 벌어졌다. 청와대 출입기자들이 머물고 있는 춘추관에 MB가 예고 없이 찾아온 것이다. 여기에서 MB는 "이 시점에서 북한도 (특사를) 받기 힘들지 않겠느냐"며 특사 파견을 고려하지 않고 있음을 분명히 했다.

그러자 다음 날 오전 박희태가 완전히 발을 뺐다. 한 라디오 방송에 출연해 "대북특사에 대해 어떠한 이야기도 한 기억이 없다"고 전면 부인한 것이다.

이게 어떻게 된 일일까?

그 다음날인 25일, 이번에는 박근혜가 입을 열었다.

국회에서 기자들과 만나 대북특사 문제가 해프닝으로 마무리된 데 대해, 그는 이 한 마디로 입을 다물었다.

"다 끝난 일 아닌가요? 내가 따로 말할 게 없습니다."

그 발언에는 당연히 불쾌감이 묻어났을 것이다.

이 같은 해프닝은 단순한 당·청 엇박자가 아니다.

청와대는, 아니 MB는, 박근혜가 국민의 영웅이 되는 것을 달가워하지 않았을 것이다. 그래서 그의 대북특사설을 무위로 돌려버렸을 가능성이 농후하다.

그래서 예고 없이 춘추관을 방문해, 본인이 직접 나서서 '박근혜는 안 된다' 는 뉘앙스를 강하게 풍겼을 것이다.

당시 박근혜가 처한 상황이 대체로 이러했다.

그즈음 박근혜의 모습은 대권행보와는 거리가 멀어도 너무 멀어보였던 것이다.

앞선 9월 23일 당내 여성 초선의원들과 만났고, 지난달에는 권영진, 김성식 의원 등 중립 진영의 초선의원들과 식사를 함께 하는 등 당내 인사들을 몇 차례 만난 것은 사실이다.

하지만 이 역시 대권행보와 직접적으로 연결시키기에는 무리가 따른다.

대부분 상대가 먼저 만나기를 청하고, 박근혜는 그에 응하는 형식으로 이뤄졌기 때문이다.

9월 25~26일에는 박근혜의 대선캠프 시절 서울특보 출신 인사들의 모임인 '서울희망포럼' 이 양평 모처에서 워크숍을 열었다. 300여 명의 회원들이 참석한 이 자리에, 박근혜는 끝내 나타나지 않았다. 29일 열린 친박 복당파 의원들의 모임인 '여의포럼' 워크숍에도 박근혜는 참석하지 않았다.

박근혜는 의도적으로 친박 모임을 피하는 식의 행보를 선택하고 있었던 것이다.

왜 그럴까?

"한나라당 내에서 최근 들어, 일부 친이계 초선의원들은 물론 중립 성향의 초재선 의원들까지 친박 모임에 참여하려는 움직임이 나타나고 있다. 친박계의 외연이 자연스럽게 확대되고 있다."

어느 친박 의원의 주장이다.

한마디로 그즈음 정치권에서는 '박근혜'로의 급격한 쏠림 현상이 나타나는 중이었다.

그런 만큼, 굳이 박근혜가 나서서 '계파정치를 하고 있다'는 식의 비판을 초래할 이유가 없을 터였다.

MB 정부를 향해 점점 거세어지는 국민들의 불만.

역시 가장 큰 화두는 경제문제였다.

"경제 대통령이라고 해서 되어서는 안 될 사람을 '울며 겨자 먹기'로 뽑아줬더니, 이게 뭡니까? '9월 위기설' 넘긴 게 아니라, '12월 위기설'로 시간만 끌고 있습니다. 이건 죽어 가는 목숨에 인공호흡기를 달고 연명하는 꼴이지요."

"고금리에 부동산 값 폭락으로 이제는 대출 받고 집 산 사람들이 죽어 나가는 일이 여기저기서 벌어질 겁니다. 그런데

500만 호 건설이라니, 제 정신에 할 수 있는 생각입니까?”

“미국의 서브프라임 모기지론 사태가 우리나라에는 아무런 영향도 미치지 않을 거라고 이명박 정부에서는 주장하더군요. 이 말을 누가 믿을까요? 이명박 정부 말은 ‘콩으로 메주를 쑨다’고 해도 도무지 믿음이 안 갑니다.”

그렇다면, 만약 박근혜가 대통령이 됐다면, 그때는 상황이 달라졌을까?

역사에 가정은 없다지만, 만약 그랬다면, 그때는 지금과 상황이 달랐을 것이다.

물론 지금 한국에 닥친 이 경제 위기는 국제적인 문제다. 국내적인 위기 요인도 있겠지만, 그것은 MB 정부가 시작되기 이전부터 진행 중이었던 사안일 것이다.

따라서 박근혜가 대통령이 됐다 해도, 지금과 같은 경제 위기는 어떻게 할 수 없었을지 모른다.

그러나 중요한 문제는 그게 아니다.

MB와 달리, 박근혜에게는 ‘국민의 신뢰’가 있다는 점이 중요했다.

박근혜가 대통령이 되었다면, 그리하여 경제위기의 순간에 ‘희망’을 이야기하면서 “함께 고통의 시간을 이겨나가자”고 호소했다면, 국민들은 허리띠를 졸라매는 한이 있더라도 즐겁게 그의 뒤를 따라 갔을 것이다.

왜냐하면 박근혜에게는 그를 향한 ‘국민의 신뢰’가 있기 때문이다.

그리고 그 힘이 결국은 경제난을 극복하는 큰 힘이 될 수 있었을 것이다.

하지만 '강부자' 내각으로 통하는 MB가 함께 고통의 시간을 이겨내자고 한다면, 우리 국민 가운데 몇 %나 이 말에 신뢰하고 귀를 기울일까?

어쩌면 이것이 MB 정부를 향한 국민의 '신뢰도'이리라.

여론 조사 결과 MB 정권의 지지도가 바닥을 치고 있다지만, 수치로 나타낼 수 있는 것보다 더욱 피부에 와 닿는 국민 정서가 바로 이러한 모습인 것이다.

국민으로부터 신뢰조차 받지 못하는 정부가, 무슨 수로 이 같은 위기를 타개할 수 있겠는가.

2008년 말, MB에 대한 국정 지지율은 20% 대에 머물렀다.

집권당인 한나라당 지지율보다도 무려 10%나 낮은 수치로 이런 현상이 장장 7개월째 계속되는 중이었다.

하여 '2012년 보수 세력의 집권은 영원히 물 건너가는 것 아니냐'는 때 이른 전망마저 나오고 있는 상황.

그럼에도 상대 당이라고 할 수 있는 민주당은 좀처럼 반사 이익을 얻지 못하고 있었다.

그 이유가 무엇일까?

한나라당에는 '박근혜'가 있는 때문이었다.

박근혜의 존재로 인해 MB에 실망한 세력들이 민주당을 향해 등을 돌리지 않고, 비록 MB는 지지하지 않더라도, 그대로 한나라당 지지자로 남아 있는 것이었다.

평소 조용히 침묵을 유지하다가도 적절한 시점이면 MB 정부의 실책을 호되게 비판했던 박근혜의 곧은 성향.

촛불시위 때에는 국민의 소리를 외면하는 MB를 향해 날카로운 비판을 가하는 한편, 오락가락하는 대북정책과 인사정책 등을 신랄하게 비판했던 원칙주의자적 자질.

바로 이런 모습이 유권자들로 하여금 박근혜를 무기력한 민주당보다 더 신뢰하게 만든 요인이었다.

사실이 이러함에도, 한나라당 내 친이 진영은 박근혜에게 계속해서 상처를 입혔다.

뜬구름 잡듯 '박근혜 총리론'이 일각에서 다시 불거져 나왔던 것이다.

사실 박근혜 총리 기용론은 이 전에도 두 차례나 있었다. 대통령 인수위 시절과 촛불정국 시절, 그리고 이번을 포함해 모두 세 번의 총리설이 나돌았다.

하지만 그 때나 지금이나 책임질 이도 실체도 없는 '설'일 뿐이었다.

진정성이 담겨 있는 게 아니었다는 말이다.

그것은 오히려 다행스러운 일이다. 설사 박근혜가 총리를 맡는다고 해도 달라질 것이 별로 없었기 때문이다.

총리에게 인사문제와 정책방향 수정 등 전권을 위임하지 않는 한, 총리가 할 수 있는 역할은 그저 '얼굴마담'에 머물 수밖에 없다.

게다가 이런 상태에서 총리직을 맡을 경우, 박근혜는 MB 정부의 실정에 따른 모든 부담을 2012년까지 고스란히 떠안고 가야 한다.

아무런 소득도 없이 대권주자로서 깊은 상처만 입을 뿐인 것이다.

박근혜는 단순히 지지율만 높은 게 아니다.

국민들의 존경도 한 몸에 받고 있다.

시사저널이 당시 미디어리서치와 공동으로 '가장 존경하는 인물'을 선정 발표한 결과, 정치인 분야에서 박근혜는 당당히 1위를 차지했다.

단순히 정치적 영향력을 평가하거나 차기에 유력한 대통령 후보감을 선택하는 것이 아니라 역사적인 인물까지 통틀어 '존경도'를 조사한 결과였다. 현재 살아 있는 권력인 MB는 물론 전통적으로 줄곧 '존경하는 정치인 1위'에 올랐던 고(故) 박정희 전 대통령마저 제친 놀라운 결과였다.

뿐만 아니라 박근혜는 '대북특사 적임자' 조사에서도 당당 1위를 차지했다.

한국사회여론연구소(KSOI)가 당시 '이명박 정부의 대북특사로 누가 적합한가?'에 대해 여론조사를 실시한 결과, 무려 응답자의 39.6%가 박근혜를 꼽은 것. 2위를 차지한 김대중

(24.6%)보다 15%포인트나 높은 수치다.

사실 박근혜는 한나라당 지지자들뿐만 아니라 다른 정당 지지자들로부터도 폭넓게 지지를 받고 있는, 보기 드문 정치인이다.

KSOI 여론조사에 따르면, '박근혜 지지자들 가운데 한나라당 지지자들이 58.5%로 가장 높았으나, 민주당 지지자들 가운데서도 무려 20.6%가 박근혜를 지지하는 것'으로 나타났다.

정당은 민주당을 지지하지만, 대통령 후보로는 MB와는 다른 길을 걷는 박근혜를 지지하겠다는 뜻이다.

또 미디어리서치 조사 결과에 따르면 자신을 진보성향이라고 응답한 사람들 가운데서도 무려 21%가 박근혜를 지지했다.

MB를 지지하지 않고, 한나라당도 지지하지는 않지만, 박근혜를 지지하는 국민들이 상당수 있다는 뜻이다.

'이심(李心)은 이심(異心)이고, 박심(朴心)은 민심(民心)'이라는 유행어 아닌 유행어에는 그런 의미가 담겨 있었던 것이다.

그런가 하면 2009년 8월, 잡지 〈시사IN〉에는 미디어리서치와 함께 각 당 대표와 예비대선 주자들을 묻는 특집 여론조사 기사가 실렸다.

'2012년 대통령 감으로 누가 적합하다고 생각하는지' 묻는 적합도 조사에서, 이른바 '박심(朴心)을 증명할 민심(民心)'의 특별한 결과가 나타났다.

박근혜가 38.6%로 2위의 유시민 9.2%보다 무려 4배 이상 앞섰던 것이다.

그 뒤는 이회창(7.2%), 정동영(6.4%), 오세훈(6.1%), 정몽준(6.0%), 손학규(3.8%), 김문수(2.6%) 순으로 나타났다.

사실 박근혜가 그동안 모든 여론조사에서 '부동의 1위'를 지켜왔다는 점에서 이 같은 결과는 새삼스러운 일도 아니다.

그런데 어째서 '특별한 결과'인가 하면, 바로 신뢰도·불신도 조사 결과 때문이다.

모든 연령대와 모든 직업군, (호남을 제외한) 모든 지역에서 30% 이상의 고른 신뢰를 얻으며 건재를 과시한 박근혜의 불신도는 놀랍게도 6.5%에 불과했다. 신뢰도 대비 불신도가 겨우 15%를 조금 넘는 셈이다. 즉 박근혜를 좋아하는 사람이 100명이라면 그를 싫어하는 사람은 16명밖에 안 된다는 말이다.

반면 신뢰도 2위인 유시민의 불신도는 4.0%로 신뢰도 대비 불신도가 50% 가까이 됐다. 즉 유시민을 좋아하는 사람이 100명이라면 싫어하는 사람도 50명 가까이 된다는 뜻이다.

신뢰도 3위인 이회창의 경우는 신뢰도(7.5%)보다 불신도(9.4%)가 더 높았다. 이회창을 좋아하는 사람이 100명이라면 싫어하는 사람은 100명보다 훨씬 많다는 것이다.

정동영이나 이재오의 경우는 그 결과가 너무 참담했다.

정동영의 경우 신뢰도(4.1%)보다 불신도(10.8%)가 압도적으로 높았다. 특히 이재오는 신뢰도(0.3%)보다 불신도(4.2%)가 무려 10배 이상 높았다. 이재오를 좋아하는 사람이 100명이라면 그를 싫어하는 사람은 1000명 가까이 된다는 의미이다.

사실 그동안 유권자의 성향에 따라 정치인에 대한 호불호가 분명했다.

그래서 신뢰도가 높은 정치인일수록 불신도도 그만큼 높았었다.

실제 지난 2007년 대선 당시 이명박 한나라당 후보에 대한 불신도 조사를 보면, 그는 대통합민주신당(현 민주통합당) 지지자의 28.9%, 민주노동당 지지자의 37.8%로부터 '가장 믿음직하지 않은 대선 주자'로 지목받았었다.

그러나 이때도 박근혜는 달랐다.

민주당 지지층 중 박근혜를 가장 불신한다고 응답한 비율은 고작 11.8%.

당시 MB에 대한 불신도의 절반 수준에도 훨씬 못 미치는 수치였다.

진보 성향의 유권자들 사이에서도 '박근혜에 대한 거부감이 생각처럼 크지 않다'는 뜻이다.

이 같은 여론조사 결과는 매우 중요한 의미가 있다.

온 나라가 '보수와 진보', '민주화 세력 대 산업화 세력'으로 나뉘어 갈등을 빚고 있는 지금, 박근혜야말로 '국민통합의 적임자'라는 것을 상징적으로 보여주는 것이기 때문이다.

2011년 6월 실시된 차기 대선주자 지지율 조사에서도, 박근혜는 압도적인 지지율로 1위를 차지했다.

한국일보와 동아시아연구원이 한국리서치에 의뢰해 6월 3~4일 실시한 여론조사에서 '차기 대통령 감으로 누가 가장 적합하다고 생각하십니까'라는 질문에, 박근혜는 36.2%의 선택을 받으며 부동의 1위를 지켰다.

그 뒤를 이어 손학규가 2위에 올랐지만 박근혜와는 상당한 격차가 났다.

이어 유시민 5.9%, 오세훈 4.8%, 김문수 3.9%, 문재인 3.0%, 정몽준 2.9%, 이회창 2.8%, 정동영 2.3%, 김두관 1.1%를 각각 얻었다. 나머지 후보들은 1% 미만으로 초라하기 그지없었다.

사실 그동안 각종 여론조사에서 박근혜가 '부동의 1위' 자리를 차지해왔다. 따라서 이 같은 여론조사 결과가 새로울 것은 없을 것이다.

하지만 그 내용을 살펴보면 이해하기 어려운 현상이 한두 가지가 아니다.

우선 내년 대선에서는 '한나라당 후보보다는 야당 후보를 찍겠다'는 응답이 훨씬 더 많았다.

실제 '정당만 보고 투표한다면 내년 12월 대선에서 어느 후보에게 투표하겠습니까'라는 질문의 경우, 응답자의 49.5%가 야권 단일후보를 찍겠다고 답한 것이다.

반면 한나라당 후보에게 투표하겠다는 응답은 34.0%에 불과했다.

영남권에선 한나라당 후보를 선택하겠다는 응답자가 많았으나, 나머지 지역에서는 야권 단일후보를 찍겠다는 유권자가 많았다.

또 '내년 4월 국회의원선거에서 정당만 보고 투표한다면 누구에게 투표하겠습니까' 라는 질문에 응답자의 52.6%가 야당 후보라고 답했다. 한나라당 후보를 찍겠다는 응답은 32.7%에 그쳤다. 여야의 지지 격차가 무려 19.9%포인트에 이른다.

그런데 이상한 일이 일어났다.

한나라당 박근혜의 지지율은 대구·경북 부산·울산·경남 등 영남권은 물론 충청권에서도 야권의 손학규 지지율보다 압도적으로 높게 나타난 것이다.

심지어 민주당의 전통 텃밭인 호남권에서도 박근혜가 21.4%로 손학규의 21.2%보다 지지율이 높았다. 민주당 지지층에서도 박근혜가 29.2%로 손학규 20.2%보다 높았다.

유권자들은 분명히 한나라당에 실망감을 가지고 있었다.

그래서 내년 대선에서 한나라당 후보를 찍겠다는 응답보다 야권 단일후보를 찍겠다는 응답자가 훨씬 더 많았다.

그런데도 막상 '박근혜' 라는 이름을 구체적으로 거론하면, 여론조사 결과는 판이하게 달라지는 것이다. 민주당의 안방격인 호남은 물론 민주당 지지자들조차 손학규보다 한나라당 소속의 박근혜를 더 지지하고 있으니 말이다.

일반의 상식으로는 도저히 이해하기 힘든 이 현상이 바로 '박근혜 현상'이다.

대체 '박근혜 현상'이 나타나는 이유가 무엇일까?

그 이유는 아주 간단하다.

박근혜의 지지자들 중에는 한나라당 지지층이 아닌 유권자들, 즉 중도성향의 유권자는 물론 진보성향의 유권자들까지 상당수 포함되어 있기 때문이다.

그동안 박근혜는 MB의 독선적 국정운영 견제자로서의 역할을 비교적 잘 수행해왔다.

세종시 수정안 논란이 불거질 때도 제1야당인 민주당보다도 박근혜의 말 한마디가 더욱 효과적이었다.

특히, 그동안 진보진영의 아젠다로만 여겨졌던 '복지' 이슈를 가장 먼저 제기한 대선주자 역시 박근혜다. 중도성향 및 진보성향의 유권자들도 그런 점을 높이 평가해 박근혜를 지지하고 있는 것이다.

이게 '박근혜 현상'의 본질이다.

한나라당 소속이면서도 전혀 한나라당답지 않은 '소신 있는 정치적 행보'가 그의 지지율을 끌어 올리는 원동력이 되고 있다는 말이다.

당내 경선 과정에서 손쉬운 승리를 위해 '우향우'만 하지 않는다면, '박근혜 현상'은 본선에서도 상당한 위력을 발휘하게 될 것 같다.

그런가 하면 우리나라 국민 가운데 절반 이상이 "박근혜가 대선에서 승리하는 것은 '정권재창출'이 아닌 '정권교체'"라고 생각하고 있다는 여론조사 결과도 나왔다.

미디어리서치가 2011년 6월 8일과 9일, 양일간에 걸쳐 실시한 여론조사 결과를 보자. 위의 질문에 대해 '정권 교체'라는 응답이 절반을 상회하는 50.1%로 집계됐다. 반면 '정권 재창출'이란 견해는 34.6%에 그쳤고, '무응답'은 15.3%였다. (전국 성인남녀 700명을 대상, 전화조사 방식, 표본오차는 95% 신뢰수준에 ±3.7%포인트)

이처럼 MB의 국정운영 실패에 따른 반사이익이 손학규 등 야권의 대선주자들에게 돌아가지 않고 박근혜를 향하는, '아주 특별한 박근혜 현상'이 나타나고 있는 것이다.

뿌리부터 다른 대세론

2010년 11월, 케이블TV 엠넷의 오디션 프로그램 '슈퍼스타K 2'가 연일 화제를 불러 모았다. 화제의 중심에 선 세 인물은 허각, 존박, 그리고 장재인이다.

프로그램에서 장재인은 줄곧 1위를 달리다 3위에 그치고 말았으며, 장재인이나 존박에 비해 상대적으로 약자로 평가받던 허각이 1등을 차지하는 뜻밖의 결과가 나타났다.

그런데 이 '슈퍼스타K 2'에 빗대어 박근혜의 지지율에 의문을 제기하는 이야기가 여의도에서 들려왔다.

"박근혜도 막판에는 '슈퍼스타K 2'의 장재인처럼 될 수 있다."

프로그램에서 줄곧 1위를 달리다 3위에 그친 장재인처럼, 부동의 지지율 1위를 달리는 박근혜도 '막판'인 대통령 선거에서 탈락위기를 맞을 수도 있다는 것. 지난 2010년 9일 국회의원회관에서 한나라당 친박계 의원들로 구성된 여의포럼이 주최한 개헌 세미나에서 나온 이야기다.

세미나 발제자로 나선 여론조사 전문기관 '리얼미터'의 이택수 대표는 "최근 진보진영의 정치학자들 사이에서 이런 의견이 제기되고 있다"며 이 같이 말했다.

"현재 박근혜가 여권 내에서 경쟁자 없이 계속 1위를 달리고 있는 것은 사실입니다. 그러나 손학규·유시민 등 야권 주자들의 단일화가 이뤄질 경우 시너지 효과를 내 박근혜를 넘어설 수도 있는 것입니다. 이 같은 '박근혜 위기론'을 극복하기 위해서는 개헌 이슈에 대해 박근혜를 포함한 한나라당 대선주자들이 치열한 싸움을 벌여야 할 것으로 생각됩니다."

이는 이택수 대표 개인의 생각이라기보다 진보진영에서 흘러나오는 소리를 그대로 전달한 것이다. 진보진영뿐만 아니라 보수진영에서도 2012년 대선에서 야권 후보단일화가 막강한 파워를 발휘할 것이라는 데에 별다른 이견이 없다.

하지만 '아주 특별한 박근혜 현상' 속에 이뤄진 대세론이 야권 후보 단일화라는 이벤트 하나로 그렇게 쉽게 무너질 가능성은 그리 높지 않다.

그런데도 '박근혜 대세론'이 '이회창 대세론'처럼 주저앉게 될 것이라는 목소리가 여권 내부, 특히 박근혜와 경쟁 관계에 있는 집단으로부터 흘러 나왔다. 이른바 '안풍(안철수 바람)'이 전국을 강타한 즈음이었다. 이후로 친이 대권 주자들은 마치 기회라도 잡은 듯 '박근혜 대세론' 때리기에 나섰다.

2011년 11월 15일. 경기도지사로서 미국을 방문했던 김문수는 워싱턴 특파원들과 간담회에서 박근혜를 겨냥해 이렇게 말했다.

"한나라당에서 누구라도 기득권을 포기하지 않으면 내년 총선과 대선 모두 어려울 것입니다. 실패하면 새끼줄(기득권)을 붙들고 있는 손만 더러워집니다. 이회창 총재 때 대선 두 번은 모두 대세론이 지배했지만 DJ에 이어 노무현에게까지 지니 너무 허망했습니다. (하지만) 지금은 이회창 대세론 때보다 훨씬 더 어렵습니다. 그나마 이회창 대세론 때는 지금처럼 대선이 있기도 전에 다른 후보에게 흔들린 적은 없었습니다. 민주당처럼 계속 후보를 교체하고 역동적으로 나가야 하는데, 한나라당의 홀로 앞선 후보(박근혜)는 안정적으로 보기 어렵습니다. 굉장한 적신호로 받아들여야 합니다. 지금은 박근혜가 워낙 독보적입니다. 그래서 외부 인사로서 한나라당에 들어와서 경선에 응할 바보는 없을 것입니다. 그러나 민심은 한나라당에 상당한 변화를 갈구하고 있습니다."

현재의 박근혜 대세론은 과거 이회창 대세론보다도 못하다는 비판인 것이다.

이재오도 가세했다. 그는 트위터를 통해 이렇게 말했다.

"대세론이라는 것은 항상 허구입니다. 이회창 대세론을 두 번이나 경험하지 않았나요?"

가만히 있을 정몽준이 아니다. 그도 박근혜 대세론 비판에 가세했다.

"(박근혜 대세론을) 바깥에서 쓰면 한나라당을 위해 좋은 게 아닙니다. 국민이 자꾸 한나라당을 부정하고 거리를 두지 않습니까. 대세론은 한나라당 안에서나 하는 얘기입니다."

그는 또 이런 말도 했다.

"(박근혜) 대세론 때문에 지금 한나라당이 망하지 않을까 걱정들을 많이 하고 있습니다. 대세론 때문에 중요한 정책 때마다 청와대와 사사건건 충돌을 했고, 그래서 한나라당이 지리멸렬하다는 평가를 받는 것 같아요. 정당 중심인지 개인 중심인지 어떻게 되는지 알 수 없는 혼란 속에 있는 것 같습니다. 대세론을 이야기하면 할수록 한나라당은 국민으로부터 멀어질 수 있습니다. 언론에서도 그런 단어를 쓰지 않았으면 합니다."

항상 끼어들기 좋아하는 YS의 차남 김현철도 한 마디 거들고 나섰다.

"현재 박근혜가 부동의 1위를 달리고 있지만 원사이드 선거가 될 것으로 생각하지 않습니다. 세종시 문제의 경우, 한나라당을 지지하는 세력 중 수도권에서 상당히 실망감과 반발감을 가져온 것 같습니다. TK는 박 전 대표를 지지하겠지만 PK까지 완벽하게 조화를 이룬다고 보지 않습니다. 충청 민심 역시 박 전 대표에게 우호적일 것이라고 쉽게 봐서는 안 됩니다. 이회창 대세론을 염두에 두더라도, 자칫 잘못해 현실에 안주하면 역풍을 맞을 수 있을 것입니다."

이들 김문수, 이재오, 정몽준, 김현철은 모두 '박근혜 대세론'을 염려하는 것 같은 말을 하고 있다. 그러나 속내는 다르다. 실상은 이것이 '이회창 대세론'과 다를 바 없다고 폄하하고 있는 것이다.

전문가들의 생각은 어떨까. 이들의 악감정과는 다르다.

정치평론가 고성국 박사의 말이다.

"'안철수 돌풍'으로 박근혜 대세가 흔들렸느냐 하는 이야기들이 많습니다. 그런데 저는 '안철수 돌풍'의 위력 못지않게 박근혜 대세 또한 견고하다는 점이 같이 확인되었다고 생각합니다. 지금까지는 그러한 돌풍-현상에 대해서, 야당이 대개 수렴해낼 수 있었습니다. 강금실 전 장관 경우도 그렇고 문재인 바람도 야당이 수렴해낼 것이 기대되는 수준이었습니다. 그런데 막상 이번에 진짜 '밖으로부터 바람이 부니까' 초토화

된 것은 야당이었습니다. 한나라당은 박근혜 전 대표가 방파제 역할을 일정하게 하면서 버텨냈기 때문에 (내상과 충격을 크게 받았지만) 외형상은 버텨낼 수 있었습니다. 야권은 손학규 대표가 전혀 버팀목, 방파제 역할을 못했기 때문에 그냥 휩쓸려 가버렸습니다. 사실상 존재감이 없어졌던 것입니다."

안풍이 오히려 민주당을 강타했고, 한나라당은 박근혜의 존재로 인해 그나마 버틸 수 있었다는 지적이다.

고성국 박사는 또 이런 말도 했다.

"제가 보기에 여야 모두 열어놓고 물어봤을 때 나온 수치, 즉 박근혜는 여전히 30%대 중반, 2위인 안철수는 20% 전후대가 실체일 것입니다. 그럴 경우 '그 상태에서 박근혜가 이기는 것'과 '그 상태에서 안철수가 이기는 것'은 전혀 다른 길로 가지 않으면 안 됩니다. 박근혜는 대세를 잘 관리하는 것으로도 승리가 기대되지만, 20%의 안철수가 30%대의 박근혜를 이기기 위해서는 바람을 잘 관리하는 것만으로는 힘이 듭니다. 뭔가 질서 전체를 바꿔내는 큰 재편을 주도하면서 선거를 치러야 합니다. 그러한 과제는 꼭 안철수뿐이 아닙니다. 문재인이건 김두관이건 똑같습니다. 그렇기 때문에 야권질서 재편이라는 것은 '안철수 바람'이 던져준 과제이기도 합니다. 총선과 대선을 앞두고 있는 야권으로서는 그 길이 이기기 위해서 가지 않으면 안 될 거의 유일한 출구인 것입니다. 그런데 이것이 강력한 리더의 드라이브 없이 가능한 이야기인가요?

제가 볼 때는 비현실적이라는 것입니다."

즉 안철수나 야권이 박근혜 대세론을 무너뜨리기에는 역부족이라는 주장이다.

이회창의 보좌관을 담당했던 구상찬 의원도 같은 생각을 지니고 있다.

"DJ, YS, JP 이 세 분만이 확실한 정치적 자기 지역기반을 가지고 있었습니다. 박근혜는 그러한 정치적 기반을 가진 세 분 이외에 유일하게 자기 정치적 기반을 갖는 분입니다. 세 분들은 각각 지역 중심적으로 기반을 갖고 있지만 박근혜는 좀 더 포지션이 큰 지역 기반을 가지고 있습니다. 연령적으로나 지역적으로도 골고루 지지기반을 갖고 있습니다. 역대 누가 호남에서 20%를 받았나요? 지역적 기반을 둔 정치인이 아닌, 전 국민적으로 골고루 지지를 받는 정치인으로는 박근혜 대표가 역대 유일합니다. 이러한 전국적 대세론과 지역적 기반을 둔 대세론과는 차이가 있습니다."

단순히 지역에 기반 한 '이회창 대세론'과 전국적인 지지기반을 갖춘 '박근혜 대세론'과의 차별성을 분명히 한 것이다.

뿐만 아니라 한나라당 의원 10명 가운데 대략 6명 이상은 "박근혜 대세론이 여전히 유효하다"고 생각하고 있다.

중앙SUNDAY가 10·26 서울시장 보궐선거 이후 한나라당 의원 168명을 상대로 무기명 설문조사를 실시, 이 가운데 해외출장 등의 이유로 연락이 되지 않은 사람을 뺀 122명으로부터 응답을 받은 결과 62.3%인 76명이 "박근혜 대세론은 여전히 유효하다"거나 "오히려 강화됐다"고 말했다.

심지어 박근혜 대세론이 유효하다고 응답한 의원들은 "서울시장 선거 패배와 안철수 바람에도 불구하고 박근혜가 여야를 통틀어 차기 대선에서 가장 강력한 당선 후보"라고 주장했다.

무엇보다도 이회창 대세론과 박근혜 대세론은 상당한 차이가 있다. 일단 이회창 대세론이 짧은 기간 내에 형성돼 내구성이 약했다.

반면 박근혜 대세론은 장기 지속적이며 내구력이 강하다.

1997년과 2002년에는 이회창 대세론이 힘을 얻었다. 이회창은 두 번의 대선 레이스에서 30% 이상의 지지율을 꾸준히 유지하며 막힘없는 대권 가도를 달렸다. 그러나 두 차례 선거에서 각각 39만 표, 57만 표 차이로 낙선하고 말았다.

1997년엔 아들의 병역 문제와 이인제 후보의 탈당 및 출마, 그리고 2002년엔 '노풍(노무현 바람)'에 밀려 허무하게 무너졌다. 그의 지지기반이 튼실하지 못했기 때문이다.

이회창 대세론의 형성 과정을 살펴보면, 그것이 얼마나 허약한 대세론이었는지 한 눈에 파악할 수 있다.

이회창 대세론의 시작은 1997년 11월 17일, 신한국당과 이른바 '꼬마민주당'이 합당할 때로 되돌아간다. 꼬마 민주당의 조순에게 총재자리를 주고 자신은 명예총재자리를 가져가면서부터 시작된 것이다.

그러면 당시 신한국당과 합당을 추진한 꼬마 민주당은 어떤 세력이었나?

1988년 13대 총선 결과 여소야대의 국회가 구성되고 진보세력의 결집으로 저항이 거세지던 즈음, 수세에 몰린 노태우 대통령은 1990년 '보수대연합'이라는 명분을 내세웠다. 당시 집권당인 민주정의당과 YS의 통일민주당, JP의 신민주공화당 3당을 합당하여 민주자유당을 창당한 것이다.

당초 집권 세력의 최고 실세였던 박철언은 동서화합을 내세우며 DJ에게 합당을 제의했으나 DJ가 이를 거절했고, 이를 눈치 챈 YS는 집권당에 적극적으로 합당을 구걸해 3당 합당이 이뤄진 것이었다.

아마도 YS는 수도권에서 평화민주당에 밀려 통일민주당이 원내 3당으로 전락한 데 대해 위기감을 느끼고 있었던 것 같다.

YS가 민정당과의 합당을 추진하자 통일민주당 내 이기택, 노무현 등은 이에 반발, 탈당하여 당시 무소속으로 남아있던 홍사덕, 박찬종, 이철 등과 함께 8명의 국회의원으로 민주당을 창당한다. 바로 이 민주당이 '꼬마민주당'이다.

당시 꼬마 민주당의 총재는 서울시장을 지낸 조순이었고, 그가 이회창과 함께 손을 잡고 한나라당을 창당한 것이다. 하지만 노무현 등 꼬마 민주당 일부는 이미 DJ의 새정치국민회의로 말을 갈아탄 뒤였다.

아무튼 이회창과 조순의 결합으로 1997년 11월 19일 한나라당이 새롭게 만들어졌다. 그리고 이것이 이회창 대세론을 일으키는 시발점이 되었다.

그러나 급조된 대세론은 너무나도 허무하게 무너지고 말았다. 이회창이 대통령 후보로 확정된 뒤, 불과 4일 만에 불거진 '아들 병역면제 의혹'이 대세론을 '한방'에 무너뜨리고 만 것이다. 대선에서 패배한 이회창은 2선으로 후퇴하지 않고 다시 당 총재로 복귀했다.

1998년 조순이 이끄는 한나라당이 지방선거에서 참패하자, 그는 이를 계기로 조순을 밀어내고 한나라당 총재로 복귀한 것이다.

이후 2000년 총선 때, 이회창은 조순, 이기택 등 꼬마민주당 출신들은 물론, 김윤환 등 한나라당의 기득권 세력이자 중진이라고 할 수 있는 출신들까지 대거 공천에서 배제하고 말았다.

한마디로 '공천 대학살'을 자행한 것이다.

이에 불만을 품은 조순, 김윤환 등은 탈당하여 민주국민당을 창당, 부산과 대구 등지에서 바람을 일으켰다. 그러나 양당 체제하에서 '제3정당'이 설 곳은 없었다. 결국 민국당은 참패했고, 한나라당은 원내 133석을 확보해 당시 여당인 새천년민주당의 115석보다 많은 의석을 확보하는 개가를 올렸다.

이회창이 원내 1당 총재가 된 것이다. 이는 반대파를 모두 제거해 이룬 성공이었다. 이후 그는 '제왕적 총재'가 되어 당권을 마음대로 휘두를 수 있었다.

이렇게 해서 시작된 것이 '제2의 이회창 대세론'이다.

실제 2002년 초 대통령 후보 지지율은 1위 이회창, 2위 이인제, 3위 박근혜, 4위 노무현으로 나타났다.

한마디로 이회창 대세론은 당의 총재로서 전권을 가지고, 인위적으로 만들어낸 대세론이었던 것이다.

그러자 당시 부총재였던 박근혜는 분노했다.

박근혜는 당시 국회 의원회관에서 기자회견을 갖고 당내 대통령 경선출마를 공식 선언했다.

그 자리에서 그는 중립적 인사들로 "당개혁 추진협의회"를 구성, 공정한 경선 방식을 도입할 것을 제안했다.

또 대선후보와 총재직 분리 상향식 공천제도, 투명한 당 재정 운영 등 정치개혁 조치도 촉구했다.

다음은 당시 박근혜의 발언이다.

"공정한 룰에서 경선을 하면 절대 진다고 생각하지 않습니다. 공정한 경선에서 진다면 승복합니다. 지금 여당에선 개혁이 활발히 논의되고 있습니다. 그런데 야당이 가만히 있으면서 집권하겠다는 것은 말이 안 됩니다. 이 상태로 가면 집권의 기회가 줄어듭니다. 덩치 큰 공룡이 멸종하고 작은 벌레가 살아남았듯, 변화에 적응하면 살고 기존의 것을 고수하면 망합니다. 이회창 대세론은 '반DJ' 정서 때문에 나온 말입니다. 이회창 대세론이 아니라 한나라당 대세론입니다."

그러나 당시 이회창은 박근혜의 제안을 일축하고 말았다. 대세론을 너무 믿었던 탓이다.

이회창이 있는 한 한나라당은 변화하지 못할 것이라는 절망감. 결국 박근혜는 당을 떠날 수밖에 없었다.

물론 한나라당에 대한 깊은 애정 때문에 다시 복당하기는 했지만, 당시 이회창의 독단적인 당 운영방식은 그만큼 문제가 있었다.

반면 박근혜 대세론은 당의 권력은커녕 오히려 '주류 측의 핍박' 속에 이뤄졌다는 점에서 이회창 대세론과 현격한 차이가 있다.

최근 최고위원직을 사퇴한 친박진영의 유승민 의원은 이른바 '청와대 기획설'을 언급한 바 있다.

그는 "무상급식 주민투표를 주도 했던 청와대 인사들이 요즘 김문수, 정몽준, 박세일, 정운찬 이런 사람들을 한데 묶어서 새로운 정치세력을 만드는 작업을 하고 있다는 정보를 듣고 있다"며 '청와대 주도 박근혜 흔들기'에 대한 의구심을 드러냈다.

사실 요즘 '박근혜 수난시대'라는 말이 공공연하게 나올 정도로, 박근혜가 당 안팎으로부터 지독한(?) 공격을 받고 있다.

특히 당내에선 정몽준과 김문수 등 대권 경쟁자들의 비난수위가 도를 넘어섰다. 정몽준은 박근혜 대세론을 이렇게 폄하했다.

"지금 (박근혜) 대세론 때문에 한나라당이 망할까봐 걱정들을 많이 하고 있습니다. 좋게 말해 현재 박근혜 전 대표의 지지층이 견고하다고 하는데, 다르게 보면 지지층이 너무 한정돼 있는 것으로 볼 수 있습니다."

심지어 정몽준은 최근 박근혜가 미국 외교안보전문 학술지 〈포린 어페어스(Foreign Affairs)〉에 기고한 기고문에 대해 "대학 교수가 써 줬다더라"며 '카더라' 식의 '대필 의혹'을 제기하기도 했다.

김문수도 마찬가지다.

"실력은 검증된 게 없는데 주변에서 신비주의로 감싸고 있고, 이건 정상적인 정치가 아닙니다. 박 전 대표의 말씀을 들어보면 알 듯 말 듯 모르겠더라고요. 주변에서도 마찬가지인지 말씀 해석론에 매달립니다. 한마디로 소통 부족입니다."

앞서 김문수는 지난 5월 중국과 필리핀을 방문 중, 현지에서 기자간담회 등을 통해 연일 박근혜를 비판한 일도 있다.

이 같은 '박근혜 때리기'에 박세일도 가세했다.

그는 자신이 구상 중인 범보수 신당창당과 관련, "새로운 보수를 만들기 위해서는 한나라당 박근혜 전 대표와 경쟁관계가 될 지도 모른다"고 밝혔다.

물론 박 이사장은 "'(신당이) 반(反) 박이다'라고 하는 것은 전통적인 사고에서 하는 얘기"라며 '반박 신당'이 아니라는 점을 강조했다. 그러나 정치권은 그의 신당론을 '박근혜 흔들기'로 보고 있다.

실제 정두언은 박세일 이사장의 신당론에 대해 "일종의 박근혜 흔들기가 아니겠느냐"고 의구심을 보였다.

특히 당내 친박계 의원들 사이에서는 "박근혜 흔들기가 도를 넘어섰다"라는 시각이 지배적이다.

그러면 유승민 최고위원이 언급한 '청와대 기획설'은 사실인가?

정확한 것은 모르겠다.

다만 이런 소리를 들은 사람이 한 두 사람이 아니라는 점은 분명하다.

실제 정두언 의원은 이날 한 방송에서 '청와대 기획설'에 대해 "저도 그런 얘기를 들었다"고 밝혔다. 정치평론가 고성국 박사도 다른 방송에서 "그런 종류의 기획설이나 음모설이 지금 정치권에 여기 저기 다양한 형태로 돌아다니고 있는 것은 사실이다"라고 말했다.

따라서 '청와대 기획설'을 전혀 사실무근이라고 하기는 어려운 측면이 있다.

다만 청와대 일부 사람만 관여했는지, 아니면 청와대가 조직적으로 추진한 일인지, 특히 MB에게까지 보고가 됐는지 여부 등을 단정적으로 말하기 어려울 뿐이다.

어쨌거나 여권 내부에서 '박근혜 흔들기'는 지속적으로 이뤄지고 있다. 거기에 정몽준, 김문수, 박세일 등이 직간접적으로 함께하고 있다는 사실만큼은 분명해 보인다.

만일 청와대 기획설이 사실이라면, 그들의 목적은 오직 하나다.

2012년 4월 총선에서는 '여소야대'가 확실시 되고 있다. 따라서 MB를 보호한다는 미명 하에 박세일 신당에 정몽준, 김문수 등이 가세해 의미 있는 의석수를 확보하고, '보수대연합'을 명분으로 한나라당과 당대당 통합을 하거나 별도의 대통령 후보를 내세워 한나라당의 대선주자 박근혜와 통합경선을 실시하려 들 것이다.

이렇듯 여권 내부의 끊임없는 '박근혜 흔들기'가 이뤄지고 있는 가운데 형성된 대세론이 바로 '박근혜 대세론'이다.

따라서 모든 권력을 가지고 인위적으로 만들어낸 이회창 대세론과 박근혜 대세론을 비교하는 것은 무의미하다.

특히 중요한 것은 이회창 대세론이 '반DJ 정서에 영향을 받아 이뤄진 상대적 대세론'이라면, 박근혜는 '반 MB 정서를 극복한 절대적 대세론'이라는 점에서 매우 차이가 크다.

2002년의 경우를 보자.

당시 진보진영 및 보수진영을 망라하고 이회창 대세론이 주를 이루고 있었다. 6·15 선언 이후 최고조로 올랐던 DJ의 지지율이 경제위기설을 시작으로 급격히 떨어지면서부터 '이회창 대세론'이 급격하게 확산된 것이다.

즉 '김대중 정권의 국정지지도 하락에 따른 반사이익'의 성격이 짙었다는 말이다.

하지만 박근혜 대세론은 그와는 정 반대 상황에서 형성되었다.

실제 박근혜 대세론은 같은 정당 소속의 MB의 국정지지도 하락에도 별다른 영향을 받지 않고 있다.

국민들이 MB와 박근혜를 '한솥밥을 먹은 한통속'으로 여기지 않고, 서로 다른 개별적 존재로 인식하고 있기 때문이다.

따라서 MB의 국정지지도와 박근혜의 지지율은 전혀 무관하게 움직이고 있다.

이처럼 '박근혜 대세론'은 이회창의 반사이익에 따른 대세론과는 질적인 면에서 상당한 차이가 있다.

특히 여론조사 수치상으로는 알 수 없는 '결정적인 차이'가 존재하고 있다.

이회창 대세론은 진보·개혁 진영의 표를 흡수하지 못한 채 보수 표심을 결집시키는 '반쪽 대세론'에 불과했다.

반면에 박근혜 대세론은 중도표는 물론 진보·개혁 진영의 표까지 흡수하는 '온전한 대세론'이다.

실제 '이념적으로 진보성향'의 유권자들과 '지역적으로 호남유권자들' 가운데서도 박근혜를 지지하는 표심이 상당하다는 게 그 반증이다.

세종시 수정안 당시 국민의 편에 서서 당당하게 반대표를 던지던 모습.

2011년 예산안 날치기 때 'MB 거수기'를 거부하고 본회의 장에서 발길을 돌린 모습.

그 결연한 모습을 지켜본 국민들 상당수가 야당 후보로 향하던 마음을 접고 박근혜에게 눈길을 돌린 것이다.

'안풍'도 비껴간 대세론

10·26 서울시장 보궐선거 이후, 각 언론이 앞 다퉈 '박근혜 대세론'이 '안풍(안철수 바람)'에 흔들리고 있다는 보도를 쏟아 내었다.

안풍과 '박근혜 대세론' 가운데 어느 것이 더 셀까?

결론부터 말하자면 당연히 '박근혜 대세론'이다.

'박근혜 대세론'은 박근혜 개인에 대한 지지를 나타내는 것이지만, 안풍은 안철수로 상징되는 민심을 대변하는 것일 뿐 그 개인에 대한 지지가 아니기 때문이다.

2011년 9월 8일 실시한 중앙일보 여론 조사 결과, 야권 지지자들과 무당파(無黨派) 층의 선호가 안철수에게로 급속히 쏠린 것으로 조사됐다.

대선 예비주자 8명을 놓고 벌인 조사에서 안철수는 민주당, 민주노동당, 국민참여당 등 기타 야당 지지자들 및 지지 정당을 밝히지 않은 무당파 층에서 1위를 차지했다.

실제 민주당 지지자의 25.8%, 민주노동당 지지자의 44.6%, 기타 야당 지지자의 44.3%, 무당파의 28.8%의 지지를 받았다. 안철수는 한나라당 지지자들로부터도 6.8%의 지지를 받고 있다.

결국 안철수는 모든 정당 지지자들로부터 고른 지지를 받고 있는 셈이다.

왜 이런 현상이 나타났을까. '안철수가 자신이 지지하는 정당의 후보가 되어 주기를 바라는 기대심리' 때문이다.

즉 민주통합당 지지자들은 안철수가 민주통합당 후보가 될 것이라는 기대를 갖고 그를 지지했고, 진보통합당 지지자들은 그가 진보통합당 후보가 될지도 모른다는 기대감에서 그를 지지했을 것이란 의미다.

한나라당 지지자들 역시 그가 한나라당 후보가 될 것이란 일말의 기대를 갖고 있었기에 그를 지지한다고 응답했을 것이다. 중도층도 마찬가지다. 그가 한나라당이나 민주당이 아닌 무소속, 혹은 '안철수 신당'으로 출마할 것이란 판단 때문에 그를 지지했으리라.

뒤집어 말하면, 안철수가 '어느 한 쪽 정당을 선택했을 경우 다른 정당 지지자들이 일시에 빠져나갈 수 있다'는 점이다.

　현재 안철수 지지율은 일종의 ‘유령 지지율’이다. 안철수 개인에 대한 지지라기보다는 안철수 현상에 대한 지지라고 보는 것이 옳을 것이다.

　이 같은 현상에 대해 고성국 박사는 이렇게 말했다.

　“안철수 바람은 ‘정치권이 믿을 수 없는 집단’이라는 국민들의 판단 때문에 생긴 것이라 말할 수 있습니다. 적어도 국민들은 안철수를 ‘자기 욕심보다는 공공의 이익을 앞세우는 사람’, ‘거짓말하지 않는 사람’, ‘상식적으로 움직이는 사람, ‘권위를 앞세우지 않는 사람’이라는 느낌으로 바라보고 있습니다. 굳이 안철수 원장이라는 사람이 아니더라도 제2, 제3의 안철수를 통해 이런 현상은 나올 수 있었을 것입니다. 하지만 국민의 기대와 달리 안철수 원장이 실질적으로 정치를 할 것이냐는 다른 문제입니다. 사실 저는 안철수 원장이 정치를 하지 않을 것으로 생각합니다. 본인이 정치를 안 한다고 말을 했기 때문입니다. 또 지지율면에서 박근혜 전 대표와 그의 대결구도로 가고 있는데, 이것은 언론이 만들어낸 것입니다. 이것은 적절치 않습니다. 단지 국민적 기대가 높다고 해서 정치인이 아닌 인물을 무작정 대선후보에 끼어 넣는 것은 적절한 지지율 조사방법이 아닙니다. 안철수를 빼면 박근혜 전 대표와 맞설 만한 야권주자들이 없기 때문에, ‘흥행을 위해서’ 안철수 원장을 억지스럽게 집어넣었는지는 모르겠지만 말입니다.”

또 한나라당 현기환 의원은 이렇게 지적했다.

"(정치에) 나오겠다고 이야기 한 적도 없는 사람, 즉 유령과 같은 사람하고 자꾸 이렇게 여론조사를 한다는 것은 매우 어리석은 일입니다. 안철수 현상은 기존의 식상한 정치권에 대해 '상식에 기초한 정치를 하라' 는 국민들의 요구입니다. 현 정치권에 대한 질타와 반성으로 받아들일 수는 있지만, 그 자체 수치들을 곧이곧대로 읽는 것은 어리석은 일입니다. 박근혜 대표는 기존에 해왔던 대로 '더 빠르고 충실하게' 국민의 요구에 다가가고 있습니다. 지금 당장 그것이 (차기 여론조사에) 반영이 안됐다고 하더라도 그렇게 일희일비 할 일은 아닐 것입니다. 주요 언론들이 '박근혜 vs 안철수' 차기 대선 양자구도 조사를 하는 것은 제대로 된 정치를 바라는 국민들을 호도하는 일입니다. 안철수 현상을 이용, 안 원장이 마치 대선에 나올 것처럼 여론조사를 하고 주기적으로 경마 보도하듯 하는 것은 옳지 않습니다. 이는 국민들의 근본적인 요구에 대한 외면으로 표현될 수 있습니다."

어쨌거나, 그럼에도, 한나라당 지지자라고 밝힌 사람 가운데 56.4%는 박근혜를 선택했다.

반면 한나라 지지자들 가운데 안철수를 택한 이들은 6.8%에 불과했다.

'안철수 돌풍' 에도 박근혜의 지지층만큼은 흔들리지 않고 있다는 의미다.

또한 2011년 9월 둘째 주, 리얼미터의 주간 정례조사 결과에 따르면 '박근혜와 안철수가 양자구도에서 오차범위 내 접전을 보이고 있지만 여야 다자구도에서는 오차범위를 넘는 큰 격차를 보이는 것'으로 나타났다.

박근혜가 28.1%로 전 주와 변동 없이 1위를 유지한 가운데, 안철수가 처음으로 주자군에 포함되면서 19.9%를 기록, 2위로 올라선 것이다.

이어 문재인이 8.1%(▼3.4%포인트)로 3위를 기록했다.

안철수가 대선주자에 포함되면서 부동층은 5.7%포인트 감소한 12.1%를 기록했고, 야권주자들의 지지율은 하락했다. 반면에 박근혜의 지지율은 큰 변화가 없었다. 박근혜 지지세가 확고하다는 사실이 입증된 것이다.

뒤이어 서울시장 불출마 선언을 한 한명숙 4.3%로 4위, 5위는 손학규(3.9%), 6위는 김문수(3.5%)로 나타났다. 기타 후보군은 박세일(3.1%), 유시민(3.0%), 정몽준(2.6%), 정동영(2.5%), 이회창(2.4%), 노회찬(1.9%), 안상수(1.7%), 정세균(1.3%) 순으로 나타났다.

물론 이후 일부 여론조사에서 안철수가 박근혜를 앞서는 경우가 있었지만, 최근에는 다시 박근혜가 안철수를 앞서고 있다.

뿌리 깊은 박근혜 대세론의 위력을 실감케 하는 대목이다.

사실 안풍이 박근혜 대세론을 비껴 갈 수밖에 없는 근본적인 이유는 따로 있다.

안풍이나 박근혜 대세론 모두 '반 MB 비민주' 정서를 근간으로 하고 있다는 점에서 공통점이 있다.

보수성향의 언론은 물론이고 진보성향의 언론매체들까지 'MB'를 안풍의 주요 요인으로 지목하고 있다.

얼마 전 MB는 KBS와 가진 생방송 좌담회에서 "이번 안철수 서울대 교수의 모습을 보면서 '아! 우리 정치권에 올 것이 왔구나' 하는 생각이 들었다"고 언급했다. 〈조선일보〉 사설은 이 말을 근거로 "한나라당은 지난해부터 선거란 선거에서 모조리 패배하고 급기야 박근혜 대세론을 위협하는 안철수 바람까지 불러온 가장 큰 배경이 '이명박 정권에 대한 심판론'이란 사실을 잘 모르는 것 같다"고 꼬집었다.

조선일보는 또 "우리 경제발전 단계에 적정한 복지 모델을 찾아 국민에게 설명하고 설득한 적이 없었"던 사실과 "첫 내각 출범시 '고소영' '강부자' 소리를 들었던 인사가 정권 후반기에는 출범 때보다 더한 연고주의와 대선캠프 사람들 챙기기로 흘렀다"는 비판과 함께 "나이 지긋한 사람들은 대통령의 '올 것이 왔다'는 말을 들으며 5·16 쿠데타 소식을 듣고 당시 윤보선 대통령이 했다는 같은 말을 떠올렸을 것"이라고 꼬집었다.

〈중앙일보〉도 사설에서 "요동치는 정치판으로부터 멀찌감치 떨어져 남 얘기하듯 하는 대통령의 모습이 답답함을 더했다”며 “대통령은 정치판의 구경꾼이나 평론가가 아니다”고 신 랄하게 비판했다.

또 중앙일보는 “안철수 바람은 대통령에 대한 비판에서 비 롯된 것이나 마찬가지”라고 지적했다.

〈한겨레〉도 사설에서 “안철수 현상의 원인 중 하나가 ‘사생 결단식 대결정치에 대한 국민의 불신과 환멸’이라면, 가장 큰 책임을 져야 할 사람은 바로 이 대통령”이라며 “오기와 독선 의 정치, 일방통행식 정치, 좌우 편 가르기야 말로 우리 정치 를 이 지경으로 만든 일등공신”이라고 맹비난했다.

이처럼 모든 매체가 하나같이 ‘MB에 대한 민심이반이 안풍 을 초래했다’고 지적하고 있는 것이다.

박근혜 대세론 역시 이 같은 ‘반MB’ 정서에서 비롯되었음 은 잘 알려진 사실. 따라서 안풍과 박근혜 대세론은 별개 사안 인 듯 보이지만 실상은 크게 다르지 않은 것이다.

이것이 결과적으로 안풍과 박근혜 대세론이 격돌할 경우, 뿌리가 더 깊은 박근혜 대세론이 승리할 수밖에 없는 요인이 기도 할 것이다.

제4장

일묵여뢰(一默如雷) — 침묵은 우레와 같다

박근혜가 대통령이 되기 위한 세 가지 조건

박근혜가 대통령이 되려면 세 가지를 극복해야 한다. 영호남 지역구도가 무너질 경우에 대비해야 한다는 점과 40대의 지지를 확보하는 것, 수도권에서의 약세를 극복하는 것이다. 우선 안철수와 김두관, 문재인이 범야권의 후보가 된다면 지역대결구도는 무너질 수밖에 없다. 영호남 대결서 100만 표 이상을 벌려 대선에서 이기는 승리의 원칙이 무너질 가능성이 높다.

40대의 지지확보는 시급하다. 서울시장 선거에서 40대의 70% 가까이가 야당 후보에 표를 던졌다. 어차피 이번 대선에서도 세대대결이 예상된다는 점에서 승패의 키를 쥐고 있는 40대를 우군화해야만 승리할 수 있다. 아울러 수도권에서의 상대적 약세를 극복해야 한다. 대선의 승부는 결국 수도권에서 갈릴 것이다. 이 세 가지를 극복할 수 있다면 박근혜는 대통령에 당선될 것이다.

이를 위해 박근혜가 극복해야할 과제도 적지 않다. 우선 적극적인 소통이다. 얼마 전 비판에 직면했던 수직적 소통이 아닌 수평적 소통을 이루는 게 중요하다. 수평적 리더십이 시대의 대세다. 공감형 소통을 통한 수평적 리더십을 구축하는 게 급선무라고 지적한다.

친박의 리더가 아니라 국민의 리더로 거듭나려면 국민의 마음을 얻는 게 당면 과제다. 기득권을 포기하고 국민만 바라보고 가겠다는 박근혜의 의지는 이의 연장선상이다. 아울러 당내 화합을 이뤄내는 것도 시급한 과제다. 친박계 해체 선언에 머물게 아니라 울타리를 걷어내 당내 모든 의원이 다가설 수 있는 분위기를 조성해야 한다는 게 전문가들의 조언이다. 특히 주변의 호가호위하는 세력을 차단해야만 국민에 다가설 수 있다는 점도 전문가들의 공통된 지적이다.

침묵… 그리고 한마디

모 신문사 정치부장이 이런 말을 했다.

"박근혜의 한마디는 모든 상황을 간단하게 정리해버리는 힘이 있습니다. 아무리 이명박 친이계의 전폭적인 지원 아래 음모를 꾸미고 많은 시간 공들여 일을 추진해도, 박근혜가 '안 돼' 하면 그걸로 끝입니다. 이명박이 공들여 추진했던 일들, 세종시 수정안도 그렇고 개헌론도 그렇고, 뭐 하나 되는 일이 있습니까? 그러고 보면 박근혜의 한 마디 리더십은 정말 대단합니다."

정말 그랬다.

특히 MB와 이재오가 집념을 가지고 치밀하게 준비해온 개헌론이 '박근혜의 한방' 에 무너지는 걸 보면, 혀를 내두르지 않을 수 없다.

MB는 집권 2년차 때부터 개헌 필요성을 역설했다.

물론 개헌 논의의 시발점은 고(故) 노무현 전 대통령이다.

노무현은 임기 말 ‘5년 단임 대통령 중심제도’의 폐해를 인식하고, 4년 중임제로의 개헌의 필요성을 강조했었다. 그리고 당시 정치권은 물론 국민적 공감대까지 형성되고 있었다.

그보다 앞선 2002년 9월에는 민주당 정치개혁특위가 분권형 대통령제를 제안한 바 있다.

당시 민주당 정개특위는 “대통령은 안정적인 국정수행이 필요한 국방·외교·통일·안보(국정원 기능) 등 외치를 맡고, 국무총리는 내치를 각각 담당하는 ‘이원집정부제’ 형으로 바꿔야 한다”고 건의했다.

이원집정부제 하에서의 대통령은 직접투표로 선출하고, 4년 임기에 한차례 연임할 수 있으며, 국회가 내각불신임 결의를 할 경우 내각의 건의를 받아 국회를 해산할 수 있는 권한·법률안 거부권 등을 갖지만, 사실상 ‘허수아비’에 지나지 않는다.

반면 국무총리는 내각수반으로서 대통령이 지명하고 국회 재적과반수 찬성으로 선출하되, 국회 임기종료나 국회의 불신임결의에 의하지 않고서는 대통령이 임의로 해임할 수 없도록 했다. 또 내각회의(각의)는 총리가 주재한다. 사실상 총리가 실권자가 되는 셈이다.

그런데 MB가 바로 이런 개헌의 필요성을 언급하기 시작한 것이다.

MB는 2009년 8월 15일 광복절 경축사를 통해 '고질적인 지역감정을 해소하고 생산적인 정치문화 창조를 위한 특단의 대책'으로 선거제도 및 행정구역 개편, 선거회수 축소 등을 제안했다. 한마디로 개헌을 하자는 뜻이었다.

문제는 개헌을 통한 권력 형태에 대해 MB가 '어떤 생각'을 가지고 있느냐 하는 점이었다. 당시 국민 다수는 '대통령 4년 중임제'를 선호했지만, MB를 비롯한 이재오 등 친이계는 이원집정부제 형태의 개헌을 선호하고 있었다.

왜일까?

그 이유는 간단하다.

각종 여론조사에서 박근혜 지지율이 압도적인 당시 상황에서, "박근혜가 대통령이 되는 것을 막을 수 없다면 어떻게든 그가 '실권을 가진 대통령'이 되는 것이라도 막아보겠다"는 고약한 속셈이었던 것이다.

아무튼 MB가 개헌논의에 대해 물꼬를 트자마자, 기다렸다는 듯 여권 내에 개헌논의가 확산되었다. 국회의장 자문기구인 국회 헌법연구자문위가 개헌 관련 최종보고서를 냈는가 하면, 당시 국회의장이던 김형오를 비롯해 당시 당 대표였던 박희태까지 모두 나서서 개헌론에 불을 붙였던 것이다.

특히 당시 MB와 직접 대화가 가능한 안상수는 한국인터넷협신문협회 주최 i-Club 초청토론회에서 "대통령 권한 배분이 수월한 유럽형 이원집정부제를 찬성한다"고 밝혔다. 이후로도 그는 수차에 걸쳐 이원집정부제로의 개헌을 주장해왔다.

김형오도 개헌방안과 관련해 이런 의견을 밝혔다.

"우리나라 대통령제는 외국에서 성공한 대통령제와는 달리 '당선되는 쪽이 다 갖고 당선되지 못한 쪽은 아무것도 갖지 못한다는 외형적 박탈감' 때문에 국회 안에서도 투쟁 양상을 보이고 있다. 국회 양원제로 구성한다는 것은 대단히 좋은 생각이다."

즉 이원집정부제에 대해 찬성한다는 뜻이다.

MB는 또 집권 3년차 과제로 개헌을 거론하면서 한나라당에 개헌을 추진하라고 특명을 하달하기도 했다.

2010년 2월 MB는 정몽준 등 한나라당 당직자들을 청와대로 초청해 가진 오찬 간담회에서 "제한적이지만 헌법에 손을 대는 과제가 있다"며 개헌을 공론화했다.

앞서 당시 특임장관이었던 주호영은 2009년 말에 '이명박 대통령이 국회의 개헌 논의에 대비해 준비하라고 지시했었다'고 공개적으로 밝힌 바 있다. 실제 주호영은 "올해 특임장관실 업무계획에 개헌 관련 역할을 하는 것으로 되어 있는데, 대통령이 업무를 지정한 것이냐"는 민주당 박선숙 의원의 질문에 "그렇다. 개헌에 관한 연구 용역을 실시할 계획이다"라고 밝혔다.

그는 "정부가 개헌을 주도하려는 것 아니냐"라는 민주당

신학용 의원의 질문에 대해 "개헌은 헌법 규정상 대통령이나 국회가 추진할 수 있는 것이지만 대통령이 추진할 경우 여러 가지 부작용이 있을 수 있어 대통령이 개헌을 주도하지는 않을 것"이라고 했다. 즉 MB의 특명에 따라 이미 정부 차원에서 개헌 연구 용역에 들어갔지만, 정부가 주도하는 게 아니라 한나라당이 주도하는 모양새를 취하게 될 것이란 뜻이었다.

그런데 아니나 다를까. 2010년 2월 MB가 당 지도부에게 개헌 특명을 하달한 것이다.

이때 김형오는 말했다.

"국회의장 임기 말 마지막으로 하고 싶은 일은 '개헌'으로 정했다. 지방선거 전에 개헌을 완료하겠다는 각오를 다지고 있다."

앞서 정몽준도 국회 교섭단체 대표연설을 통해 비슷한 의지를 밝혔다.

"내년 2월 임시국회에서 개헌안을 처리하는 게 좋을 것 같다. 이번 국회에서 특위를 구성해 논의를 시작하고, 지방선거가 끝나는 대로 개헌 절차에 들어가 올해 안에 개헌 논의를 마무리하면 2011년 2월 초 임시국회에서 개헌안을 처리할 수 있을 것이다."

한나라당 대표가 박희태에 이어 정몽준과 안상수로 바뀌었지만, 개헌론 주장은 계속됐다.

MB의 복심(腹心)으로 통하는 안상수가 한동안 잠잠하다 싶더니 어느 날 느닷없이 개헌론을 꺼내들었던 것이다.

국회 본회의에서 행한 교섭단체 대표연설에서, 안상수는 지방선거 이후에 곧바로 개헌논의를 하자고 말했다.

"이명박 정부 임기 내에 개헌을 완성하기 위해서는 시간이 많지 않다. 지방선거 이후 곧바로 개헌에 착수할 것을 제안한다. 조속한 시일 내 야당이 국회 개헌특위 구성에 나서주기를 요청한다. 내각제든 분권형 대통령제든 4년 중임제든 1987년 체제를 보완하고 개선하고 국가백년대계의 틀을 만들어야 한다."

당시 전 국민의 눈과 귀가 천안함 침몰 사건에 쏠려 있는 시점이었다. 이런 마당에 '개헌론'이라니 황당하기가 그지없었지만, 이를 단지 '안상수 코미디'로 치부하고 넘겨버릴 수는 없었다.

특히 한나라당 친이계 의원들의 '개헌론' 발언에는 뭔가 계산된 듯 상당한 치밀함마저 엿보이는 상황이었다.

실제 정두언, 남경필 등 친이 소장파들은 개헌 토론회를 열고 개헌의 필요성을 강조했는가 하면, 불과 이틀 뒤에는 김형오가 "개헌은 국회의원 절대다수가 필요성을 느끼고 있다"며 개헌 논의에 힘을 실어주었다.

심지어 김형오는 "민주당 지도부는 6월 지방선거 이후에 하겠다는 것으로, 불필요성을 얘기하는 사람은 없다"며 민주당도 지방선거 이후 개헌논의에 동의하고 있음을 강조했다.

정말 민주당도 개헌론에 대해 친이계와 같은 생각이었을까?

당시 뚜렷한 차기 대권주자가 없던 민주당 일각에서 이원집정부제 개헌에 가세할 움직임을 보이고 있었던 것은 사실이다.

당시 민주당 원내대표 경선에 뛰어든 강봉균 의원은 "제왕적 대통령제의 폐단을 고치기 위해서는 분권형 대통령제로 개헌해야 한다"고 주장했었다.

그러자 안상수는 노골적으로 "분권형 대통령제로 개헌해야 한다"고 맞받아쳤다. '연세대학교 대학원연합회 초청 특별강연'에서 그는 "현재로선 '분권형 대통령제'가 권력의 분산과 국민 앞에 책임지는 정치를 위해 적합하다"고 주장했다.

"분권형 대통령제는 국민에 의해 직접 혹은 간접으로 선출되는 대통령과 의회의 신임을 기반으로 하는, 총리가 함께 통치하는 체제입니다. 분권형 대통령제는 의원내각제의 단점을 극복하고, 동시에 승자독식과 같은 대통령제가 지닌 문제점을 절충적으로 극복하는 것이 장점입니다."

그러면서 박근혜가 제시한 대통령 중임제에 대해서는 "정책의 졸속 수행은 막을 수 있으나 현 제도의 문제점을 피해갈 수 없는 제도"라며 부정적인 평가를 내렸다.

'권력의 2인자', '왕의 남자'라고 불리는 이재오. 그는 마치 개헌에 목숨을 건 사람처럼 행동했다. 실제로 2010년 10월 11일, 분권형 개헌에 거듭 강한 의지를 드러내면서 '내년 봄'이라는 국민투표 일정까지 구체적으로 제시했다.

"현재 개헌에는 여야 의원들이 다 찬성입니다. 개헌 자체는 어떤 사람도 반대하지 않습니다. 단지 권력의 틀을 놓고 4년 대통령 중임제로 권한을 강화하느냐, 아니면 분권형으로 해서 대통령 권한과 국회 권한으로 나누어 가느냐, 견해의 차이만 있을 뿐입니다. 금년에 발의만 하면 60일 안에 국회표결해서 30일 안에 국민투표하면 되는 것입니다. 나라의 발전을 위해서는 선진국형 정치 틀을 갖추어야 하고 그러려면 권력이 나누어져야 됩니다. 분권이 되어야 합니다."

이처럼 대통령이 개헌을 희망하고, 박희태, 정몽준, 안상수 등 한나라당 당대표들이 대를 이어 개헌론에 불을 지피는 상황인 데다가 민주당 일각에서도 찬성하는 상황. 이제 이원집 정부제로의 개헌은 단지 시간문제일 뿐, 거리낄 것이 없는 분위기였다.

하지만 지금 상황을 보라.

개헌론은 언제 그랬냐는 듯 소리 소문 없이 자취를 감추고 말았다.

물론 이재오는 여전히 개헌에 대한 미련을 버리지 못하고 있는 것 같다.

실제 그는 2011년 12월 22일 '이재오 전집' 출판기념회에서 "권력이 대통령 중심으로 됐고, 권력이 한곳에 모이니 부패도 한곳에 모인다. 분권형 정치체제가 이뤄져야 한다"고 개헌 필요성을 다시 꺼냈다.

앞서 그는 12월 1일에도 자신의 트위터에서 개헌론을 강조한 바 있다.

"정치권에서 논의되는 통합이든 쇄신이든 인적개편이든, 그 본질은 승자독식의 권력투쟁입니다. 이런 본질적 문제를 해결하는 것은 분권형 개헌입니다. 총선 전까지 분권형 대통령제로의 개헌을 다시 한 번 진지하게 논의할 때가 됐습니다. 거기에 나라의 미래가 달렸습니다. 5년 단임제 대통령제 하에서는 국론분열과 사회적 갈등이 지금까지 경험한 대로 되풀이될 것입니다. 우리가 야당이 돼도 마찬가지입니다. 그런 권력투쟁으로 국정이 표류하는 것에 대한 불신이 정치권 혐오로 나타나고 있습니다. 신당과 신인이 정권을 잡는다 해도 반대 세력의 극한투쟁으로 국민은 금방 싫증을 낼 것입니다. 한나라당은 지난 10년간 야당을 하면서 지금 야당처럼 대여 투쟁을 했고, 지금 야당인 당시 여당은 지금의 여당처럼 했습니다. 서로 경험한 일을 되풀이하지 말아야 하는 것입니다."

'개헌 전도사'를 자임해온 이재오는 2010년 11월에도 "한국 정치는 지력(地力)이 다했다. 이젠 객토(客土)를 해야 할 것 같다"며 이른바 '객토론'으로 개헌론에 불을 지폈었다.

하지만 그의 주장은 허공을 맴도는 공허한 메아리일 뿐, 누구 하나 귀 기울여주는 사람이 없다. 왜일까? 이미 박근혜가 개헌론에 대해 "(이원정부제보다는) 대통령 4년 중임제가 바람직하다"는 입장을 밝혔기 때문이다.

MB와 이재오, 박희태, 김형오, 정몽준, 안상수 등이 몇 년을 두고 개헌론에 불을 지피려 안간힘을 썼지만, "대통령 4년 중임제가 바람직하다"는 박근혜의 말 한마디로 모든 상황이 정리되고 만 것이다.

사실 박근혜는 말이 별로 없다.

그래서 언론에서는 '박근혜의 침묵'이라는 말이 자주 등장하기도 한다. 야권에서는 이를 비난하기도 한다.

하지만 정치 지도자의 '침묵'은 대단한 장점이다.

정치 지도자, 특히 대통령이 말이 많으면 구설수에 오르기 쉽다. 반면에 국민들의 호감을 사기는 어렵다.

노무현의 경우를 보자. 그는 '권위주의를 타파한 대통령'이라는 긍정적인 평가를 받았다. 또 정치인으로서는 보기 드물게 영호남 지역감정 해소를 위해 자기희생적인 모습을 보여왔다.

그러나 이런 장점에도 불구, 그는 신중하지 못한 발언으로 자주 구설수에 휘말렸다.

하나의 예를 들어보자.

그는 대통령 재임시절에 남상국 대우건설 사장이 자신의 형에게 로비했다는 의혹사건과 관련해 이런 말을 했다.

"대우건설 사장처럼 좋은 학교 나오시고 크게 성공하신 분들이 시골에 있는 별 볼일 없는 사람에게 가서 머리 조아리고 돈 주고 그런 일이 이제는 없었으면 좋겠다."

청와대에서, 온 국민이 지켜보는 방송에서 한 말이다.

그로부터 몇 시간이 지난 뒤 남 사장은 한강에 투신하고 말았다.

물론 노무현은 그런 사건이 발생할 줄 몰랐을 것이다. 그리고 '로비' 에 대한 비판을 하고자 함이었을 뿐, 남 사장 개인의 명예를 짓밟으려는 의도는 없었을 것이다.

하지만 일국의 대통령이 할 말은 아니었다.

물론 설화(舌禍)로 따지자면 MB를 능가할 사람이 없을 것이다.

그의 설화는 대통령 후보시절부터 있었다.

그래서 거듭되는 말실수가 단순한 '말실수' 가 아니라 평소 생각을 그대로 드러낸 것이라는 소리까지 나올 정도다.

실제 MB는 대통령 후보 시절, 서울 시내 한 중국음식점에서 주요 일간지 편집국장들과 저녁식사를 하면서 여성 비하 발언을 해서 구설수에 올랐었다.

충북 청주에서 열린 경선 합동연설회에서도 여성과 관련된 말실수가 수차례에 이른다.

사회적 약자에 대한 설화도 많았다.

특히 대통령이 되고 나서 툭하면 "내가 ~ 했었는데"라는 말로 구설수에 오른 일이 무수히 많았다.

동대문 재래시장을 방문한 자리에서 MB는 "내가 노점상을 했었다"고 말했는가 하면, 이문동 한국외국어대 근처의 골목 상가를 찾아갔을 때는 "4년 동안 재래시장에서 환경미화원을 했는데"라고도 했었다.

오죽하면 당시 네티즌들 사이에서 "이명박 대통령이 안 해본 일이 군인 빼고 또 뭐가 있는지 궁금하다"고 비아냥거리는 소리가 유행처럼 번졌을까.

이 같은 MB의 잦은 설화를 지켜보면서, 박근혜의 '침묵의 지혜'가 국민들에게 얼마나 큰 신뢰를 줄 수 있는지, 새삼 확인하게 된다.

독배까지 기꺼이 마시는 책임감

한 백화점에서 만 20세 되는 직원 200명을 대상으로 '성년이 된다는 의미'에 대해 설문지를 돌렸다. 그 결과 대다수가 '자신의 행동에 책임지는 것'이라고 응답했다.

책임감은 특히 리더들의 핵심 덕목이다. 어느 분야에서건 성공한 리더는 반드시 강한 책임감의 소유자였다.

도산 안창호는 "책임감이 있는 이는 역사의 주인이요, 책임감이 없는 이는 역사의 객(客)이다"라고 말했다. 세네카는 "지위가 높으면 책임도 크다", 러스킨은 "살아서든 죽어서든 너의 책임을 완수하라", 막스 베버는 "책임이 따르지 않는 권위는 있을 수 없다"고 강조했다.

그런데 불행하게도 한국의 리더들은 책임감이 결여되어 있는 경우가 많은 것 같다.

세네카의 말처럼 지위가 높으면 책임도 큰 법인데, 어찌된 일인지 지위는 누리고 책임은 회피하는 풍조가 횡행하고 있다. 말로만 '책임정치'를 외칠 뿐 결정적 순간엔 책임을 떠넘기는 정치인들이 너무 많은 것이다.

하지만 박근혜는 다르다. 그의 학창시절은 '책임감'으로 '똘똘' 뭉쳐있는 전형적인 모범생이었다.

박근혜가 고교 때까지 반장이나 부반장을 잇달아 맡아 급우들을 이끌면서도 공부는 반 1등을 놓치지 않는 전형적인 모범생이었다는 것은 익히 알려진 사실이다. 그러나 그의 장충초등학교 생활기록부에 1~6학년 내내 '침착', '성실', '겸손', '책임감'이라는 단어가 빠지지 않았음은 모르는 이들이 많을 것이다.

성심여중·고 시절에는 중학교 1학년 부반장을 제외하고는 중학 2~3학년, 고 1~2학년까지 4년간 반장을 도맡았다. 물론 성적도 중학교 1~3학년 내내 반에서 1등이었고 고교 3년

간 역시 반에서 1등을 놓치지 않았다. 서강대 재학 시에도 4.0 만점에 3.82점을 얻어 100점 만점으로 환산할 경우 98.2점의 우수한 성적을 거두었다.

단지 성적만 우수한 게 아니라, 책임감도 강한 학생이었던 것이다.

2011년 10월 16일 개설된 박근혜의 페이스북 계정 이름은 '수첩공주' 다. 수첩을 든 공주 이미지의 캐릭터가 장식된 이 페이스북 프로필에는 다음과 같은 소개 글이 적혀 있다.

"수첩공주는 책임감이 있으며 약속을 잘 지킵니다. 발랄하고 상냥하고 검소하죠."

이처럼 자신의 책임감을 강조한 박근혜. 그 책임감을 보여 주는 결정적인 사례가 바로 5·31 지방선거 당시의 사건일 것이다.

2006년 5월 20일, 지방선거를 불과 열흘 정도 남겨 둔 시점. 박근혜는 50대 괴한으로부터 불의의 피습을 당했다. 신촌 현대백화점 앞에서 오후 7시 20분경, 그녀는 오세훈 서울시장 후보 지원을 위해 유세장을 찾았다. 지원 연설을 하기 위해 연단에 오르는 순간이다. 악수를 청하던 50대 남성 한 명이 박근혜의 얼굴을 가격했고, 곧바로 또 다른 50대 남성이 문구용 커터 칼을 휘둘렀다.

갑작스런 테러에 박근혜는 외마디 비명을 지르며 오른쪽 뺨을 손으로 감싸 쥐었다.

순식간에 벌어진 일이었다. 유세장은 혼란에 휩싸이고 말았다.

이 같은 혼란 속에서도 박근혜는 스스로 오른쪽 뺨을 두 손으로 지혈한 채 승용차에 올라탔다. 그리고 신촌 세브란스병원으로 향했다. 병원에서의 검사 결과 오른쪽 귀 아래에서 턱까지 10cm 정도의 자상을 입은 사실이 확인됐다. 상처 깊이가 최대 3cm에 이르는 등 심각한 상태였다. 1cm만 깊었다면 동맥을 건드려 생명까지 위험할 뻔 했다는 게 병원관계자들의 말이었다.

박근혜는 이날 8시 20분부터 3시간여에 걸친 성형봉합수술을 받아야만 했다.

그 외중에 박근혜가 던진 한마디가 있다.

"대전은요?"

3시간여의 봉합수술을 마치고 깨어난 박근혜의 이 한마디에, 큰 격차로 지고 있던 대전 시장 선거는 한나라당의 역전 승리로 끝났다.

실제 박근혜의 피습 사건은 당시 지방선거의 판세를 가르는 핵심변수로 떠올랐다. 한나라당은 피습 사건 전까지 광주, 전남, 전북, 대전, 제주를 제외한 11곳에서 우세를 보이고 있던 상황이었다. 그런데 박근혜 피습사건이 언론을 통해 알려진 뒤 한나라당의 우위는 더욱 확고해졌다.

특히 피습사건의 파장이 집중됐던 곳은 대전이었다. 한나라당은 당시 당을 탈당해 열린우리당의 옷을 입고 출마한 염홍철 시장의 대항마로 부시장으로 근무했던 박성효 후보를 내세웠지만, 20% 포인트 이상의 더블스코어차로 밀리는 상황이었다.

하지만 수술을 받고 회복 중이던 박근혜가 깨어나자마자 참모들에게 "대전은요?"라는 질문을 했고, 투표일을 이틀 앞둔 29일 퇴원한 그는 대전을 전격 방문, 박성효의 지원유세에 나서 막판 뒤집기 신화를 일궈냈다.

"여러분께 큰소리로 인사하고 호소 드리고 싶지만 그렇게 못하는 점 이해해주십시오. 이번 선거에서 박성효 후보를 꼭 당선시켜 주시길 바랍니다. 제가 여러분께 보증하고 약속 드리겠습니다."

그러자 유세장에 운집한 시민들과 지지자들은 "박근혜"를 연호했다.

결국 박근혜의 지독한 책임감이 대역전 드라마를 만들어낼 수 있었던 것이다.

그 동안 박근혜의 발언들을 살펴보면, 그가 '책임감'에 대해 얼마나 무게감을 두고 정치를 해왔는지 한눈에 파악할 수 있다.

2004년 5월, 헌법재판소의 노무현 대통령 탄핵심판 결정을 앞둔 시점이다. 인터넷 개인 홈페이지에 올린 '책임감이란' 제목의 '박근혜 일기'가 화제가 된 일이 있다.

박근혜는 당시 인터넷 싸이월드 미니홈피에 이런 글을 올렸다.

"사람이 이 세상을 살아가면서 가장 중요한 것은 자기가 한 일에 대해 책임을 질 줄 아는 게 아닐까요? 눈앞의 이익에 따라 마음을 바꾸는 것은 자기의 마음에 중심이 없기 때문입니다. 예로부터 충신은 자기 마음에 흔들림이 없고, 나라를 위해 옳다고 생각하는 것은 목숨을 내놓더라도 끝까지 지킬 줄 아는 충절이 있었습니다. 이 충무공의 '나에게는 12척의 배가 남아 있다'고 하신 말씀이 아직도 우리의 마음을 저리게 하는 것은, 그 마음의 진심을 알기 때문일 것입니다."

2006년 12월 22일, 동국대에서 서울시당 주최로 열린 대학생 아카데미. '완전소중 대한민국 어떻게 발전시킬 것인가'를 주제로 특강을 한 박근혜는 역시 '책임감'을 강조했다.

"IMF 사태(외환위기) 이후 눈앞에서 대한민국이 무너지고 있었습니다. 나 혼자 조용히 살 수 없어, 나라를 다시 살리는 데 조금이라도 보탬이 된다면 그것이 내가 사는 보람이라고 생각해 정치를 시작했습니다. 세상에서 가장 쉬운 일이 나만을 위해 사는 일입니다. 희생할 때 희생할 줄 알아야 하고, 내가 조금 포기했을 때 사회의 이익이 커진다면 포기할 줄 알아야 합니다. (탄핵 사태 직후) 당 대표를 처음 맡았을 때, 한나라당은 정말 위기였습니다. 그러나 진정한 지도자라면 고난을 두려워하지 않아야 합니다. 거대한 파도가 몰아칠 때는 아무리 큰 배라도 파도를 피하려 키를 돌리면 침몰합니다. 파도를 향해 정면으로 배를 몰아가면 배는 절대 넘어지지 않습니다. 미래 우리 사회 지도자라면 고난에 정면으로 맞서는 자세를 가져야 할 것입니다. 아버지가 돌아가셨다는 소식을 새벽 2시에 듣고, 가슴이 찢어졌습니다. 그러나 머릿속에 떠오른 생각은 '전방은 괜찮은가' 라는 생각이었습니다. 위기의 순간일수록 더욱 책임감을 가져야 합니다."

박근혜가 2011년 10·26 서울시장 보궐선거에서 당시 한나라당 후보였던 나경원을 지원한 것도 그의 강한 책임감 때문이었다. 당시 박근혜가 재보궐선거를 지원하겠다고 밝히자, 박근혜 지지자들 사이에서 볼멘 목소리가 일시에 쏟아져 나왔다.

지지자들이 나경원을 반대했던 이유는 아주 간단하다. 한나라당 후보가 나경원이라면 박근혜의 입장에서는 더더욱 지원할 수가 없는 것이다. 이것은 친이-친박 계파 갈등의 문제가 아니다. 박근혜가 꿈꾸는 '복지국가' 건설과 '복지망국론'을 전개해 왔던 나경원과의 견해차가 너무나 뚜렷하기 때문이다.

실제 박근혜는 이른바 '박근혜 복지법' 이라고 불리는 '사회보장기본법 전부개정안' 을 지난 2011년 2월 여야 의원 122명의 서명을 받아 대표 발의하는 등 복지확충에 매우 열심이었다. 반면 나경원은 무상급식 주민투표 당시 주민투표를 '성전' 에 비유하는가 하면, 주민투표를 강행한 오세훈을 '계백'

에 비유하는 등 '복지망국론'을 적극 주장했던 사람이다.

결국 박근혜가 정책 지향점이 다른 나경원을 전면에서 지지할 경우, 심각한 자기모순에 빠지게 되는 상황이었다.

그럼에도 박근혜는 기꺼이 '독배(毒杯)'를 마시고 말았다.

사실 서울시장 보궐선거는 박근혜에게 독배에 다름 아니었다.

비록 자신의 의지와 무관하게 선거판에 뛰어들게 됐다고 하지만, 그 결과는 박근혜에게 치명타가 될 수도 있었다.

더구나 당시 선거를 이겨보았자 그에게는 크게 득 될 것이 없는 선거였다.

나경원에게는 '여자 MB', 'MB 아바타'라는 별명이 따라다녔다. 심지어 민주당 박영선 의원은 나경원을 'MB 대리인'이라고 부르기도 했다. 한마디로 나경원은 '이명박 대통령의 사람'이었다.

실제 나경원은 지난 6·2 지방선거를 앞두고 실시한 한나라당 서울시장 후보 경선에 출마할 당시 MB의 '사인'을 받고 출마했다는 사실을 공개적으로 실토한 바 있다. 당시 한 방송과의 인터뷰에서 "이 대통령이 경선에 출마하라는 사인을 줬다는 이야기가 있다"는 질문에 "부인하지 않겠다"고 답변했던 것이다.

이런 나경원의 승리는 조기 레임덕 현상에 빠져 있는 MB에게 힘을 실어주는 역할을 하게 될 것이고, 이는 상대적으로 박근혜의 힘을 빼는 요인이 될 터였다.

박근혜로서는 승리하더라도 겨우 본전치기인 반면 패하면 치명상을 입을 수도 있는, 그런 선거에 뛰어든 셈이었다.

게다가 당시 분위기는 나경원의 패배가 이미 결정되었다고 해도 과언이 아닐 정도였다. 각종 여론조사 결과 나경원이 박원순에 비해 약 10%가량 뒤지고 있는 것으로 나타났으며, 심한 경우에는 그 격차가 20% 가까이 벌어지기도 했다. 더구나 여당 프리미엄을 감안했을 때 두 사람의 격차는 더 크게 벌어질 것이란 관측도 있었다.

이런 상황에서 아무리 '선거의 여왕'이라는 박근혜가 지원하더라도 결과를 뒤집기는 힘들 것이었다. 특히 오세훈에 의해 추진된 무상급식 주민투표 당시 보수표가 결집했고, 그래서 나타난 투표율이 고작 25.7%였다는 점을 감안하면 말이다.

그러나 박근혜는 선거 지원을 결정하고 나섰다.

'나경원 한나라당 서울시장 후보에 대한 지원'이라기보다 '정당정치 신뢰 복원'에 대한 책임감 때문이었다.

"한나라당뿐 아니라 우리 정치 전체가 위기입니다. 당과 우리 정치가 새롭게 변할 수 있도록 저도 최선을 다해야 하지 않겠습니까."

이처럼 박근혜의 생각은 분명했다.

지금은 여야 각 정당이 국민의 신뢰를 잃었지만, 정치에 정당은 필수적이며 정당정치에서 잘못된 부분은 고쳐가야 한다는 의미다. 즉 한나라당을 고쳐 쓰기 위해, 정당정치의 책임감 때문에 선거지원에 나섰다는 것이다.

그러나 그 후유증은 매우 컸다.

그동안 '근혜공주와 일곱 난쟁이'라는 말이 나올 정도로 박근혜의 독주체제 양상이 뚜렷했었다. 박근혜를 제외한 여야 다른 대선주자들의 지지율이 모두 한 자릿수를 벗어나지 못했던 것이다.

하지만 10·26 서울시장 보궐선거에서 박근혜가 지원한 나경원이 안철수의 지원을 받은 박원순에게 패하고, 급기야는 박근혜 대세론이 잠시 흔들리는 것처럼 보이기도 했다.

그만큼 타격이 막대했다는 말이다.

박근혜가 2011년 12월 한나라당 비상대책위원장직을 수락한 것도 그런 책임감 때문이었다.

친박계 이한구 의원은 말했다.

"비상대책위원장을 맡으면 현 정부가 실정을 많이 한 것에 대한 (악)영향을 받으면서도 국민에게 희망을 줘야 합니다. 이게 보통 일이 아닙니다. 대권후보로서 손해를 볼 가능성이 제법 큽니다. 그나마도 비대위를 추진하면서 당내외의 방해 세력이 많습니다. 정운찬이 '화려한 생일잔치 기다리는 처녀', 김문수가 '외부인사가 공동의장 맡아야 한다'고 하는 등 박 전 대표의 견제성 발언을 하고 있는데 참 답답합니다. 비대위원장 하는 게 무슨 권력을 잡은 것으로 생각하는 것 같은데,

제가 알기로 박 전 대표는 이걸 봉사하는 기회로 생각하고 있습니다. 대권후보로서 불리할 수도 있지만 당부터 구해야 되겠다며 나선 것입니다."

한나라당 대통령 후보 당시 캠프에서 대변인으로 활약하던 김재원 전 의원도 박근혜 비대위원장 수락을 반대했었다.

"지금 가장과 자녀들이 집안 말아먹고 나서, 그래도 어머니는 생활력 있고 평판이 좋으니 나가서 돈 벌어오라는 것이라는 상황입니다. 마지막 남은 한나라당의 카드(박근혜)조차 사장시킬 가능성이 있는 것입니다."

그러나 박근혜는 '자신의 대권가도에 손해가 된다는 것을 알면서도' 기꺼이 비대위원장직을 수락했다. 물론 책임감 때문이었다.

위원장직을 맡은 뒤 "당이 안팎으로 어려운 시기에 비위원장을 맞게 돼 큰 책임감을 느낀다"던 그녀의 말. 거기 담긴 진실의 무게는 엄청난 것이었다.

탁월한 국제감각과 외교력

김정일 북한 국방위원장의 사망 이후, 박근혜는 대북 상황 변화를 감안한 외교·안보정책 마련에 시동을 걸고 있다.

실제 박근혜의 싱크탱크로 불리는 국가미래연구원의 외

교·안보팀은 최근 ‘김정은 체제’에 대한 본격적인 연구에 들어갔다고 한다.

사실 여야 모든 대권주자들 가운데 박근혜만큼 안보관이 뚜렷한 사람은 없을 것이다.

각종 여론조사를 보면 국민들 역시 박근혜의 안보관만큼은 확실하게 인정하고 있는 분위기다.

실제 김정일 북한 국방위원장 사망 이후 불거진 안보이슈에 의해, 박근혜의 지지율이 상승세를 보였던 것으로 밝혀졌다.

2011년 12월 23일, 아산 정책연구원이 리서치앤리서치(R&R)와 공동으로 실시한 여론조사 결과에 따르면 대선 후보 다자 대결에서 안철수가 28.4%로 박근혜의 28.1%보다 0.3%포인트 앞서있다. 그런데 그 간격은 이 연구소가 일주일 앞서 실시한 여론조사에 비해 급격히 좁혀진 결과다.

김정일 위원장이 사망하기 전인 지난 11월 14일 실시한 조사의 다자대결 지지율을 보면, 안철수(29.1%)가 박근혜(24.8%)보다 4.3%포인트 앞섰었다. 특히 ‘북한의 급변사태라는 위기 상황에 가장 잘 대응할 수 있는 후보’를 물은 조사 결과 박근혜가 29.9%로 1위에 오른 반면 안철수는 13.2%에 불과했다.

안보국면을 맞아 박근혜의 진가가 나타나기 시작한 것이다.

이에 대해 김용갑 한나라당 상임고문은 “안철수 원장과 박근혜 위원장을 비교했을 때, 안보 등 위기 사항에 대한 대처

능력에서 박 위원장에 대한 국민들의 기대감이 더 컸다.”고 말
했다.

아니나 다를까, 이명박과 여야 대표회담을 가진 박근혜의
존재감이 재조명받고 있다.

비대위원장으로서 당 쇄신작업을 본격화하는 가운데 김정
일 사망에 따라 조성된 안보정국에서 그의 존재감이 새롭게
부각되고 있는 것이다. 안풍에 잠시 흔들렸던 유력 대권주자
의 위상도 다시 회복하는 모습이다.

실제 박근혜는 김정일 사망 소식이 전해진 2011년 12월 19일, 비대위원장에 선출된 이후 숨 쉴 틈 없는 안보일정을 소화하고 있다. 취임 당일에는 김정일 사망과 관련된 비상대책회의를 주재했고 김효재 청와대 정무수석을 만나 조문 논란 등에 대해 의견 조율을 하기도 했다.

이어 21일에는 민주통합당 원혜영 공동대표와 만났고 이 자리에서 "정부가 조문단을 파견하지 않기로 한 만큼 이런 문제는 정부의 기본 방침과 다르게 가서는 안 된다고 생각한다"고 밝혔다. 같은 날 김성환 외교통상부 장관, 류우익 통일부 장관, 성 김 주한미국대사를 잇따라 만나서 안보위기 상황을 집중 논의하기도 했다.

박근혜의 이 같은 광폭행보는 지지도 상승으로 이어졌다. 여론조사 전문기관 리얼미터의 12월 셋째 주 주간 정례조사 결과, 박근혜는 1주일 전 대비 0.8%포인트 상승한 26.9%의 지지율을 기록하며 2.7%포인트 하락한 안철수(26.3%)를 제치고 5주 만에 1위로 올라섰다.

사실 박근혜의 대북관은 편협하지 않다.

지난 2002년 4월 박근혜는 케임브리지대 동아시아연구소 주최로 열린 학술회의에 참석, 통일 분야 기조연설을 통해 자신의 통일관을 밝힌 바 있다.

이날 ▲국민적 합의와 공감대 속에서의 대북정책 추진 ▲상호주의 적용 ▲남북관계의 제도화를 대북정책 3원칙으로 제시한 박근혜는 한반도 긴장완화를 위해 남북한과 미국, 중국, 러시아, 일본 등이 참여하는 '동북아지역안보대화체' 구성을 제안했다.

다음은 박근혜의 말이다.

"한국도 탈이념적, 탈냉전적 국제사회의 변화에 맞춰 극단의 정치세력이 아닌 합리적인 중도세력이 통일을 주도해 나갈 때입니다. 북한이 경우에 따라 남한 체제를 대안으로 선택할 수 있도록 경제와 외교의 역량 강화 등 국내적 통일기반을 확충해야 합니다. 통일의 방향과 정체성만 분명히 한다면 굳이 정치적, 영토적 통일을 고집할 필요 없이 남북한의 자유왕래가 보장되고 군사적 대결이 사라진 '경제공동체' 정도의 수준도 통일과 같은 개념으로 받아들일 수 있을 것입니다. 민주당 정권이 포용만 강조하고 있고, 단기간에 성과를 내기 위해 무리하게 추진되는 측면이 있지만 남북한의 화해와 교류, 협력을 추진하는 정책기조는 정권이 바뀌어도 변하지 않고 계승될 것으로 생각합니다. 통일이 가능한 대외환경을 만들기 위해서는 한미동맹관계 및 한·미·일 공조체제의 굳건한 구축과 함께 미-북, 일-북 수교, 동북아 경제협력에 대한 적극적인 참여 등이 필요합니다."

대북정책에 있어서 MB와 달리 상당한 유연성이 엿보이는 대목이다.

물론 지금과 같은 안보국면에서 불가피하게 보수적인 입장

을 취할 수밖에 없지만, 그렇다고 박근혜의 안보관이 바뀐 것
은 아니다.

일정한 시간이 흐르고 북한의 체제가 어느 정도 안정을 찾
게 되면, 박근혜는 훨씬 진보적인 대북정책을 제시할 가능성
이 있다.

박근혜의 탁월한 외교력 역시 정치권 모두가 인정하고 있는
분위기다.

그의 외교력은 몇 차례의 특사로 입증된 바 있다.

국가의 정상끼리 만나는 ‘정상회담’은 ‘외교의 꽃’이라 부
른다.

정상회담을 통해 지지부진한 사안의 담판을 짓는 일들이 많
기 때문이다.

그러나 그 못지않게 중요한 것이 바로 특사다. 특사는 정상
회담에서 담판 짓기 어려운 사안들, 즉 복잡한 절차와 완벽한
사전조율이 필요한 문제 등에 대한 임무를 맡게 된다. 그런데
박근혜가 바로 그런 특사 임무를 잘 수행해왔던 것이다.

오바마 미국 대통령이 취임과 동시에 ‘특사외교’를 선언했
듯, 글로벌시대에 특사의 역할은 무척 중요하다. 실제 오바마
는 북핵 특사, 북한과의 고위급 접촉에 무게를 둔 대북정책 특
별대표직을 신설했는가 하면, 클린턴 전 대통령을 특사로 북
한에 보내기도 했다.

이른바 ‘협상의 달인’으로 불리는 헨리 키신저 전 미 국무

장관은 중국 등 공산국가와의 회담에서 성공할 수 있었던 외교비결에 대해 '선제적 양보(Preemptive Concession), 즉 일보후퇴 백보전진'의 전략을 꼽았다.

능력 있는 특사로서 박근혜는 이 같은 '일보후퇴 백보전진'의 전략을 적절하게 구사할 줄 알았다.

실제 MB는 당선인 시절에 박근혜에게 중국 특사단장을 맡아달라고 요청했고, 박근혜는 이를 기꺼이 수용했다.

하지만 당시 친박계 의원들은 중국특사 수락을 반대하고 있었다.

당시 MB는 한미동맹, 한일동맹의 강화에 방점을 찍고 있는 상황이었다. MB는 미국과 일본 등 중요하게 생각하는 국가에는 정몽준과 이상득을 특사로 정한 반면, 상대적으로 대통령의 관심이 덜한 중국에 박근혜를 특사로 정했던 것이다. 더구나 당내에는 공천시기를 둘러싼 내홍이 심각한 상황이었다.

그래서 당시 친박계 의원들은 긴급 회동을 갖고 박근혜에게 이번 결정을 번복해 달라는 강경한 입장을 전달하기도 했었다.

그러나 박근혜의 입장은 확고했다.

공천 갈등과 관계없이 오직 국익을 고려해 중국 특사 단장직을 수락한 것이다.

그러자 장위(姜瑜) 중국 외교부 대변인은 당시 정례브리핑에서 "중국은 박근혜 전 대표의 방중을 매우 중요시하고 있다"

며 "중국은 양국이 더욱 밀접한 대화채널을 구축함으로써 양국 관계가 더욱 돈독히 발전하기를 진심으로 바란다"는 환영 의사를 표시했다.

결국 박근혜는 MB의 특사 자격으로 중국을 방문, 양제츠 외교부장과의 오찬을 시작으로 본격적인 특사 행보에 나섰다. 후진타오(胡錦濤) 국가주석과 면담하고 탕자쉬안(唐家璇) 외교담당 국무위원과 만찬을 갖기도 했다.

그는 후 주석 등 중국 지도부에게 '중국에 진출한 한국 기업이 겪고 있는 어려움'에 대해 설명하고 경제 분야에서 한·중 양측이 상생 방안을 함께 모색할 것을 주문했다. 이어 베이징 올림픽이 성공적으로 치러지기를 기원하다는 뜻을 전했다.

이후 후진타오는 박근혜와 면담을 갖고 "협력적 동반자 관계를 격상시킬 용의가 있다"며 이렇게 밝혔다.

"한중 양국은 바다가 사이에 있는 가까운 나라이며 중요한 나라다. 지속적이고 안정적인 양국관계의 발전은 공동 인식이다. 상호 왕래도 긴밀히 해야 하고 전략적 협력강화가 구체적으로 이루어질 것이다. 또 한국과 중국 양측은 북한과 동아시아 문제, 유엔회의 등에서 좋은 의사소통과 협의를 하고 있다. 이러한 실천은 새로운 세기의 한중 협력관계를 나타내고 있는 시대의 요청이다. 각 분야에 있어 친선교류를 강화할 용의가 있다. 특히 북핵문제와 관련해서는 동북아 지역의 평화와 안정 유지에 대해 한국과 중국은 같거나 비슷한 입장에 있다.

한국 측과 협의를 강화할 용의가 있다. 6자회담은 적극적 진전이 있고, 남북관계는 현저한 성과가 있으며 북미관계도 개선되고 있다."

앞서 박근혜는 양제츠 외교부장과 오찬 회동을 갖고 북핵문제 및 셔틀외교 등 양국현안에 대해 의견을 교환했다. 양제츠는 "한중관계의 전면적 격상을 논의할 용의가 있다. 전면적 동반자관계를 강화하는 것이 양국 이해관계에 도움이 되고, 아시아태평양 지역에도 유리할 것"이라는 입장을 밝혔다.

이에 박근혜는 "(새 정부 들어) 중국과의 관계를 협력적 동반자 관계에서 한 단계 더 격상시키겠다는 구상이 있다"고 전했다.

당시 중국과의 관계가 박근혜의 생각처럼 협력적 동반자 관계에서 더 격상시키는 조치가 있었더라면, 대북 문제에 대해서는 지금보다 훨씬 유리한 국면에 서 있었을 것이다. 이런 면에서 아쉬움이 큰 대목이다.

박근혜는 2009년 8월에도 특사자격으로 유럽 4개국을 순방하기도 했다.

수교 20주년을 맞는 헝가리와 수교 50주년을 맞는 덴마크를 각각 방문, 수교행사 참석 및 소욤 헝가리 대통령, 마가레트 2세 덴마크 여왕 등 양국 국가원수 및 고위관계자를 예방했다. 또한 EU를 방문해 바호주 집행위원장 등 고위인사를 면담하고 한-EU FTA 조기체결을 위한 EU측의 협조를 당부하기도 했다.

MB가 정치적 대립 관계인 박근혜에게 특사를 부탁하지 않을 수 없었던 이유는 단 하나, 그의 인정하지 않을 수 없는 외교력 때문이었다.

사실 박근혜 외교력이 가장 빛을 발했던 것은 2002년 8월 고(故) 김정일 국방위원장과 담판을 했던 때다.

이에 대해 박근혜는 20011년 12월 1일 조선TV 개국 좌담회에서 이렇게 회상했다.

"당시 현안도 있었고 남북 숙원도 있었습니다. 남북 이산가족 만남도 쉽지 않은 상황에서 상설 면회소를 만들고 금강산, 남북 철도 연결, 이런 협력 사업에 대해 얘기를 나눴습니다. 남북 축구 같은 것도 제의하고, 하고 싶은 이야기도 했으며 답도 시원하게 들었습니다."

당시 박근혜와 김정일의 회동장면을 동영상으로 본 한 누리꾼은 이렇게 말했다.

"2002년 당시 일개 의원 신분으로 방북하였으나, 박근혜 대표에 대한 북측의 예우는 국가 원수에 버금가는 최상의 국빈 대우였다. 훗날 대통령 자격으로 방북한 김대중 대통령이나 노무현 대통령에 대한 북측의 영접이 '자국을 찾은 타국 국가 원수에 대해 마지못해 의례적 요식 절차에 따른 영접'이란 느낌이 강하게 와 닿는다면, 박근혜 대표에게 영접한 북측의 성의는 진실이 느껴졌다. 또한 방북의 성과도 달랐다. 김대중 대통령이 방북에서 건져온 것은 김정일의 지켜지지도 않는 답방 약속이 주가 되는 허울뿐인 6·15 공동 선언문이었다. 그러나 박근혜 대표의 방북 성과 보따리는 50년 동안 단절됐던 경평 축구전이 이루어졌다는 것만으로도 훌륭했다. 그런 점을 생각 하며 박근혜 대표의 동영상을 보다가 한 가지 문득 드는 생각 이 있었다. 당시 박근혜 대표가 일개 의원신분이 아닌 대통령 의 신분으로 김정일과 마주 앉았다면 어땠을까? 햇볕정책이 란 미명아래 수십 조의 기하학적인 국민혈세도 안 빠져나갔을 것이고, 지금의 남북 상황보다 더욱 진보된 화해 무드가 조성 되지 않았을까 하는 생각이 든다.”

실제 박근혜는 김정일과의 회동에서 놀랄만한 성과를 거두 고 돌아왔다.

박근혜가 남북한 이산가족들이 생전에 가족을 만날 수 있도 록 이산가족 상설 면회소 설치를 제안하자, 김정일은 흔쾌히 동의했다.

또 부실공사 논란이 일었던 금강산댐에 대한 공동조사단 구 성 제안에도 김정일은 “북남의 전문가들로 조사단을 만들어 조사해봅시다”라고 동의했다. 김정일은 박근혜의 ‘남북한 철 도 연결’ 구상에도 강한 긍정의 뜻을 보였다.

대화가 끝나갈 즈음 박근혜가 답방에 대한 뜻을 묻자 김정 일은 “적당한 기회에 가겠다. 방문하면 박정희 대통령의 묘소 도 참배하겠다”고 답했다.

특히 베이징에서 한국행 비행기로 돌아올 생각이었던 박근혜는 "굳이 먼 길로 돌아가실 필요가 있습니까. 판문점을 통해 가시는 게 어떻겠습니까"라는 김정일의 '깜짝 제안'에 따라 나흘간의 방북을 마치고 판문점을 통해 귀국할 수 있었다.

고통이 없으면 얻는 것도 없다

비대위원장은 박근혜에 기회이자 위기

박근혜는 말을 아끼는 대표적인 정치인이다. 답답할 정도다. 박근혜는 말 보다는 행동을 하는 정치인이다. 그의 말에 무게가 실리는 이유다. 박근혜에게 부여된 비대위원장은 기회이자 위기다. 총선 결과에 따라 희비가 갈릴 수 있어서다. 승리를 일궈낸다면 유리한 고지에 오르겠지만 거꾸로 패한다면 대권가도에 빨간불이 켜지게 된다. 박근혜는 승기를 잡기위해 크게 세 가지 방향으로 갈 것 같다. MB와의 차별화를 위한 서민 복지와 대폭적인 물갈이를 통한 혁명적인 공천, 천막당사 시절을 능가하는 당 쇄신이다.

박근혜는 총선 공천권에 대해 "어떤 사람이나 몇몇이 공천권을 갖는 것은 구시대적 방식"이라며 "공천을 대한민국의 정당역사 속에 가장 모범적인 사례로 만들어 내겠다"고 공언했다. 이어 "인재들이 모여들게 하는 것엔 우리의 희생도 있겠지만 이렇게 변화해야만 국민들이 한나라당을 믿어줄 것"이라고 주장했다. 일각에서는 현역의원 절반을 물갈이 할 것이란 얘기까지 나온다. 공천은 철저하게 시스템 공천을 통해 이뤄질 가능성이 높다. 2004년 총선 때처럼 외부인사로 공천심사위를 구성, 당내의 입김을 완전 배제한 채 공정한 공천을 하겠다는 것이다. 박근혜는 공천과정에 일체 관여하지 않을 것으로 예상된다.

박근혜는 비대위원장을 맡으면서 "창당을 뛰어넘는 당의 변화를 위해 우리가 노력하자, 당을 근본적으로 바꿔야 한다"고 강조했다. 박근혜의 쇄신 의지에 의문을 눈길을 보냈던 당 소속 의원들은 쇄신풍에 되레 긴장하는 형국이 됐다.

박근혜는 천막당사 보다 더 강한 쇄신에 나설 것으로 알려졌다. 일각선 당명을 바꾸는 차원을 넘어 당사를 없애는 방안까지 거론되고 있다. 대대적인 외부인사 영입에도 나설 것으로 전해졌다.

MB와는 정책차별화에 초점을 맞출 것으로 보인다. 서민복지를 위해 서민정책을 적극 개발하고 맞춤형 복지에 나설 것으로 보인다.

재창당 뛰어 넘는 쇄신

2008년 5월. 겉보기에 평화롭던 대한민국은 가히 '혁명의 열기'가 뜨거웠다. 적어도 인터넷 속 여론은 그러했다. 광화문 광장에 수십만 시위대의 촛불이 다시 모이고, '안티 이명박'을 선언하고 나선 네티즌들이 기하급수적으로 증가하고 있는가 하면, '미디어다음'의 아고라 청원방에 개설된 MB에 대한 탄핵 서명은 2008년 4월 30일에 15만 명, 다음 날인 5월 1일에 30만 명, 일주일 뒤인 7일 오전 10시 30분 현재 124만 명을 돌파하는 등 급물살을 타고 있었다.

탄핵을 청원하는 이유는 잘 알려진 대로 4대강 개발, 미국산 쇠고기 협상, 한미 FTA 추진, 건강보험 민영화 등의 실책성 정책들이었다. MB 정부는 출범 1년도 되지 않아 좌초의 위기를 맞이한 것처럼 보였다.

더욱 문제는 MB 정부의 소통 부재였다. 납득할 만한 조치가 없는 한 네티즌들 등 성난 '안티MB' 들의 공세는 지속될 수밖에 없을 것임에도, MB는 자세를 낮추거나 고집을 꺾지 않고 '원천봉쇄' 형 대응으로 일관하며 국민들의 화를 부추기고 있었던 것이다.

그 결과 MB의 지지율은 20%대(2008년 5월)로 폭락하고 말았다. 이는 노무현 전 대통령의 집권 5년 중에서도 최저 지지율을 보였던 때와 엇비슷한 수준이다. 한나라당 지지율도 덩달아 추락해 30%대로 폭삭 주저앉고 말았다.

그 같은 시점에, MB 정권의 독단적인 국정운영 방식에 제동을 걸고 나선 이가 있었다.

바로 박근혜다.

2008년 5월 6일, 국회 본회의 출석에 앞서 기자들과 만난 자리에서, 박근혜는 MB 정권에 대한, 적어도 MB 정부의 정책에 반대의 뜻을 분명히 했다.

"국민들의 불안을 해소하기 위해서라면 쇠고기 수입을 재협상해야 합니다. 대다수의 국민이 걱정하는 것이라면 충분한 이유가 있겠지요. 아니, 근거가 있건 없건 국민들이 걱정하는 그것이 바로 이유입니다. 국민들이 원하고 바라는 방향으로 문제를 바로잡는 것이 정부의 마땅한 자세라고 생각합니다. 국민들의 불안감을 해소하는 방법이 재협상 밖에 없다면, 정부가 나서서 재협상을 하지 않을 이유는 없을 것입니다."

미국산 쇠고기 수입문제뿐 아니다. 대운하 문제도 그렇다.

박근혜는 대운하−4대강 사업에 대해서도 처음부터 환경재앙 등을 우려해 강력반대하고 입장에 서 있었다. 물론 잘 알려져 있듯 MB 정부는 국민여론 등과는 관계없이 집권 초기부터 별도의 TF팀을 구성하는 등 대운하사업을 강행할 의사를 갖고 있었다. 그리고 이것은 훗날 많은 우려와 부작용 속에서 사실로 증명되었다.

보다 못 한 박근혜는 2008년 12월 16일, 한반도대운하에 집착하고 있는 MB를 향해 무언의 경고 메시지를 보냈다. 그날은 서울 영등포구 여의도의 한 음식점에서 서강대 출신 의원, 보좌관 모임인 '서강 여의도포럼' 송년회가 있는 날이었다. 기자들과 만난 자리에서 그녀는 말했다.

"정부는 4대강 정비사업을 발표하면서 '대운하' 하고는 전혀 관계가 없다고 분명히 밝혔습니다. 일단 믿어야겠지요. 만약에 발표하고 그렇지 않다고 하면 국민을 속이는 것입니다. 그런 일은 있을 수 없습니다."

그 발언 요지는 이러했다.

첫째, 정부가 '4대강 정비사업'과 '한반도대운하'는 무관한 사업이라고 말한 만큼 이를 믿어야 한다는 것. 따라서 '4대강 치수사업'에 대해서만 적합성 여부를 논의하면 된다는 것.

둘째, 그럼에도 불구하고 MB 정부가 대운하를 추진한다면 그것은 국민을 속이는 것이 된다는 것. 따라서 범국민적 저항에 부딪히리라는 강한 경고의 메시지다.

사실 MB가 직접 나서서 '4대강 치수 사업은 대운하와는 무관한 사업이며, 결코 (자신의) 임기 내에 대운하를 추진하는 일은 없을 것'이라는 점을 분명하게 밝히는 것이 훨씬 바람직한 일일 것이다. 하지만 워낙 대운하에 대한 MB의 집념이 강하기 때문에 이를 기대하기는 어려운 상황이다. 이런 때 여당에서 막강한 지분을 갖고 있는 박근혜가 대신 총대를 메고 상황을 명쾌하게 정리해준 것이다.

이 발언을 통해 박근혜는 야당에게도 "한반도 대운하와 4대강치수사업을 연계하는 소모적인 정치적 논쟁을 중단하고, 정말 4대강 치수사업이 필요한지를 살펴보고, 필요하다면 어떻게 하는 게 바람직한지에 대해 논의해야 한다."는 주문을 했다.

또 청와대와 정부, 여당에는 "4대강 치수사업을 대운하와 연계시키려는 모든 음모를 즉각 중단하고, 순수하게 4대강 치수사업에만 전념하라. 그렇지 않을 경우 국민을 속인 것이기 때문에 나 역시 가만히 있지 않겠다."는 무언의 시위를 전했다.

당시 '친박 복당' 문제가 왕성하게 거론될 즈음, 박근혜는 이를 묻는 기자들의 대답에 명쾌한 답을 내린 바 있다.

"제가 드릴 말씀은 다 드렸습니다. 그리고 지금도 당의 최고회의를 거쳐서 공식적인 결정이 나기를 지금도 기다리고 있는 중이지요. 그러나 이 문제를 무한정 한도 끝도 없이 기다릴 수 있는 것은 아닙니다."

이 같은 발언의 의미는 분명했다. 국민 여론에 귀기울이지 않는 정부의 독주에 제동을 걸겠다는 선언인 것이다. 또한 4·9 총선에 나타난 민의를 겸허히 용기 있게 받아들이라는 무언의 압력인 것이다.

그것은 시작이었다. 시작에 불과했다.

아직은 칼을 빼든 것이 아니었다. 그저 시늉만 냈을 뿐이다.

이후로도 박근혜는, 국민과 국가를 위해서라면 어떠한 말이라도 능히 쏟아낼 준비가 되어 있었다. 그는 국민이 바라는 것 원하는 바를 MB 정부에게 엄정히 전달하고, 그 같은 전령사 역할에 몸을 아끼지 않을 각오가 되어 있었다. 문제라면 박근혜의 외침이 과연 얼마나 효과가 있을까 하는 점일 터. 그리고 그 전망은, 이제와 돌이켜보지 않더라도, 그리 밝은 것이 아니었다.

당시 한나라당의 지지율을 50%대로 끌어 올린 이가 누구인가?

박근혜다.

한나라당을 아껴왔고 지금도 아끼고 있는 이. 18대 총선 이전에 10%대로 추락한 당의 지지율을 '천막당사' 정신으로 되살린 이. 하여 대선 직전에는 무려 50%대까지 끌어 올린 인물. 바로 그였다.

그런데 그 높던 지지율을 반 토막 내버린 인물이 또 누구인가?

그나마 그 지지율도 더 떨어질 가능성이 매우 높다.

따지고 보면 한나라당이 박근혜를 필요로 하면 했지, 박근혜로서는 한나라당이라는 울타리가 그다지 필요치 않다고 할 수 있다.

오히려, MB와 같은 한솥밥을 먹어야 하는 처지라는 점에서는, 한나라당이 그의 앞길에 걸림돌로 작용할 가능성마저 배제할 수 없는 것이다. 더구나 박근혜는 그동안 대통령 당선을 도와주었던 MB로부터 철저하게 무시 받고 있는 상황이었다.

그럼에도 불구하고, 박근혜는 한나라당을 저버리지 않았다. 그러려고 궁리하지도, 시도하지도 않았다.

한나라당에게 박근혜란, 박근혜에게 한나라당이란 그런 존재인 것이었다.

실제 박근혜가 탈당했다면, 차기 지방선거를 걱정하는 지방 정치인들이 '우르르' 그를 따라 갈 터였다. 뿐만 아니라 중앙 정치인 가운데에서도 '친이' 핵심 세력을 제외한 대부분의 인사들이 그와 행보를 같이 했을 터였다. 결국은 지금의 친이 한나라당이 몰락하는 대신 새로운 친박 한나라당이 건설될 것이었다. 박근혜가 그렇게 마음만 먹었다면 말이다.

촛불시위대가 밤마다 광화문 거리를 물들이고 당의 지지도는 아찔한 추락을 거듭하며 정치적 파트너였던 MB마저도 등을 돌린 어려운 상황에서, 그러나 박근혜는 끝내 한나라당을 떠나지 않았다. 물론 권력에 가까이 붙어 국민의 뜻을 저버리는 일도 하지 않았다.

그가 바로 박근혜였다.

그런 박근혜가 2011년 12월 19일, 한나라당 비상대책위원장직을 수락하면서 '재창당을 뛰어 넘는 쇄신'의 뜻을 분명히 했다.

다음은 박근혜의 비대위원장 수락연설 전문이다.

모두 들으셨겠지만, 조금 전 북한의 김정일 위원장이 사망했다는 보도가 있었습니다. 놀라고 걱정하시는 분들도 게시겠지만, 그동안 정부에서 많은 대비를 해왔기 때문에 큰 변화는 없을 것으로 생각합니다.

하지만, 이런 때일수록 모든 시나리오를 염두에 두고 0.1%의 가능성까지 대비할 수 있는 물샐 틈 없는 대책을 준비해야 합니다. 국가안보 차원에서 정파를 초월한 초당적 협력이 필요한 때라고 생각합니다.

존경하는 국민 여러분, 그리고 당원동지 여러분, 저는 오늘 벼랑 끝에 선 절박한 심정으로 이 자리에 섰습니다.

한나라당이 어쩌다 이렇게까지 국민으로부터 외면을 받게 되었는지 정말 참담한 마음이고, 당원의 한 사람으로서, 무거운 책임을 통감합니다.

그동안 한나라당, 국민 여러분께서 부여하신 책임을 제대로 다하지 못했습니다.

경제위기 극복과정에서 양극화는 더 심해졌고, 자영업자들은 하루하루 버티기가 힘들고, 학생들에겐 꿈을 펼치기 위한 학업이 오히려 큰 멍에가 되고 있습니다.

청년들은 일자리를 찾지 못해 좌절하고 있고, 그런 아들딸들을 보면서 부모님들의 가슴은 미어지고 있습니다.

노력을 해도 더 나아질 거란 희망이 없기에 국민들이 느끼는 절망감은 더 큽니다. 그동안 집권여당으로서 국민의 아픈 곳을 보지 못하고, 삶을 챙겨드리지 못했습니다. 국민 여러분께 진심으로 사죄드립니다.

이제 바꿔야 합니다. 그동안 한나라당과 우리 정치권 모두, 국민을 바라보지 않고, 정치를 위한 정치를 해왔습니다.

정치권 전체가 국민의 불신을 받는 이런 상황이 계속된다면, 앞으로 더 큰 국가적 위기를 맞게 될 것입니다.

이것은 단지 한나라당만의 문제가 아닙니다. 대한민국 전체의 명운이 걸린 문제입니다. 저는 먼저 우리 한나라당부터 변해야 한다고 생각합니다.

구시대 정치의 폐습을 혁파하고, 새로운 정치를 시작해야 합니다. 그래야 대한민국이 바로 설 수 있습니다.

그 일을, 누가 하겠습니까? 그 일을, 누가 할 수 있겠습니까?

바로 이 자리에 계신 여러분들이십니다. 당의 주인인 여러분께서 국민 속으로 들어가야 합니다. 곳간을 채우기 위해 한 톨의 낟알이라도 주워 담는 주인의 심정으로 국민의 지지를 담아내야 합니다. 지금 우리에게는 주어진 시간이 많지 않습니다. 앞으로 4개월 동안, 우리 모두 하나가 되어 지난 4년 동안 흘렸던 땀보다 더 많은 땀을 흘려야 합니다.

당원 동지 여러분의 헌신과 희생을 부탁합니다. 저도 혼신의 힘을 다하겠습니다.

저 박근혜, 더 이상 잃을 것도, 얻을 것도 없는 사람입니다.

제가 가진 모든 것을 내려놓고, 국민만 보고 가겠습니다. 우리 정치를 바로잡고, 대한민국을 바로 세우는 일에 저의 모든 것을 걸겠습니다.

그 길을 저와 함께 가 주십시오. 여러분!

당원 동지 여러분, 한나라당의 변화, 이제 말이 아닌 실천으로 보여줘야 합니다.

첫째, 정치를 위한 정치가 아니라, 국민을 위한 정치가 복원되어야 합니다.

요란한 구호보다, 작은 것 하나라도 국민에게 실질적인 도움이 되는 것부터 실천해 가야 합니다. 그 변화의 시작은, 여야 정쟁 때문에 잠자고 있는 민생 법안과 예산을 챙기는 것에서부터 시작되어야 합니다. 국민의 신뢰는 한 번에 쉽게 얻을 수 없습니다. 우리가, 작지만 이렇게 기본에 충실할 때, 잃었던 국민의 신뢰를 비로소 회복할 수 있을 것입니다.

저는 무늬만 바꿔서 국민의 신뢰를 받겠다는 생각을 하지 않겠습니다. 무너진 중산층을 복원하고, 사회 각 분야의 불평등 구조를 혁파해서 새로운 대한민국을 만들겠습니다.

둘째, 소통과 화합의 길을 열어야 합니다.

지금 계층간, 세대간, 지역간, 이념간의 간극이 더 커지고 있습니다. 이대로 방치한다면, 대한민국의 공동체는 무너질 것입니다.

우리 경제를 약육강식의 '정글'이 아닌 공정한 '시장'으로 만들고, 누구나 기회 앞에 평등하고, 경쟁 앞에 안전한 새로운 틀을 만들어야 합니다.

국민을 위한 정책이 불필요한 이념싸움으로 변질되어선 안 될 것입니다.

셋째, 쇄신을 위해 누구와도 함께 해야 합니다.

저는 대한민국의 발전과 국민행복이란 대의에 동참하는 사람이라면, 모두 함께 하려고 합니다. 한나라당을 바꾸고, 우리 정치를 바꾸는 이 일을 저 혼자 할 수 없습니다. 여러분과 '함께' 하고, 국민과 '함께' 할 것입니다. 국민에게 길을 묻고, 국민의 뜻에 따라 지금까지와는 분명히 다른 길을 가겠습니다.

당원 동지 여러분, 앞으로 비상대책위원회 구성과 운영은 저를 비롯해서 한나라당의 구성원이 가진 일체의 기득권을 배제하고, 모든 것을 국민 편에 서서 생각하고, 결정하겠습니다.

그 동안 우리 당과 어떤 관계에 있었든 가리지 않고, 우리 사회의 상식을 대변하는 분들, 진정성을 가지고 국민을 위해 일하실 분들이라면 삼고초려해서라도 모셔오겠습니다.

존경하는 국민 여러분, 그리고 당원 동지 여러분, 저는 정치의 본질을 '안거낙업'(安居樂業)이라고 생각합니다. 국민의 삶을 편하게 하고, 즐겁게 생업에 종사할 수 있게 한다는 뜻입니다. 그런 정치를 만들기 위해 오늘 저는 짧지만 긴 여정을 출발합니다.

암흑 속에서도 등대 하나만을 보고 똑바로 가듯이 앞으로 국민만 바라보고, 가겠습니다.

다 같이 함께 해주시기 바랍니다. 감사합니다.

생애주기별 맞춤형 복지

2009년 2월 초. 청와대에서는 MB의 주재로 작지만 특별한 행사가 있었다. 박근혜의 생일을 맞아 생일 케이크를 자르는 이벤트가 벌어진 것이다.

언론은 기다렸다는 듯 '이명박-박근혜, 화기애애' 등의 기사를 일제히 쏟아냈다.

과연 그러했을까?

취임 2년차에 들어서며 한나라당 내부를 복잡하게 만들었던 이른바 '친이-친박' 갈등이 조금씩 수그러들기 시작했을까?

그렇지 않았다. 오히려 그 반대였다.

사실 한나라당내 친박-친이 갈등은, 결과적으로 집권 후 MB의 실정이 만들어낸 또 하나의 작품(?)이라고 할 수 있다. 당 전체의 지지를 받아 집권한 대통령이 당 내부의 목소리에 귀 기울이고 먼저 손을 내밀고 협조를 구했더라면, 특유의 아집과 불통을 인식하고 고쳐나갔더라면, 집권당이 1년 만에 당파 대결로 흔들리는 일은 벌어지지 않았을 것이다.

MB 정권 집권 2년차이던 2009년.

정말 악몽과도 같은 한해였다.

시청 앞 광화문광장은 1980년대를 떠올리게 하는 풍경과 정부에 반대하는 인파와 전경들의 대치가 심심치 않게 이어졌다. 인터넷 상에서 떠도는 여론들은 더욱 반정부적이었고 격

렬했으며, 사회통합은 먼 세상의 일처럼만 생각되었다.

지긋지긋한 몸살 속에서 미디어법, 4대강 사업, 세종시 수정안 등이 강행 처리되기에 이르렀고, 다수당인 한나라당은 철저하게 거수기 노릇에 만족하며 자신의 존재가치를 바닥으로 떨어뜨렸다.

그즈음 각종 언론에서 유력한 차기대권주자로 지목되는 인물, 각종 여론조사에서 '부동의 1위'를 지키고 있는 인물, 심지어 민주당 등 야권 인사들도 사실상의 미래 권력으로 인정하는 이가 있었다.

바로 박근혜였다.

세상에 절망뿐인 어둠은 없는 법이다.

2009년 10월 26일. 고 박정희 전 대통령의 30주기 추도식.

이날 행사에서 박근혜는 말했다.

"아버지의 궁극적인 꿈은 복지민주주의 국가의 건설이었습니다."

복지민주주의 국가 건설.

대통령이 되면 아버지가 못다 이룬 꿈인 '복지민주주의 국가 건설'에 매진하겠다는 의지.

이것야말로 그가 정치인으로서 주목받는 차기 대권주자로서 내세우는 정책의 요체에 해당한다.

그런데 이에 대해, 적지 않은 사람들이 '의외'라는 반응을 보이곤 한다. '복지'라는 의제가 한나라당과 같은 보수정당

소속 인사에게는 어울리지 않는다는 선입견일 것이다. (실제 그동안 정치권에서 '복지'란, 보수보다 진보 쪽에 더 어울리는 구호이자 의제였던 게 사실이다.)

하지만 박근혜는 이미 '보수'라는 이념의 멍에를 벗어 던진 지 오래다. 따라서 그를 특정 이념의 틀에 가두고 그 잣대로 평가하려 들 경우, 제대로 된 평가가 힘들 수 있다.

박근혜가 말하는 '복지'의 개념은 우리가 일반적으로 그것과는 차원이 다르다.

2009년 5월, 미국 스탠퍼드대 강연에 나선 박근혜는 다음과 같은 말로 '복지에 관한 자신의 정치관'을 피력했다.

"경제 발전의 최종 목표는 소외 계층을 포함한 모든 국민이 참여하는 공동체의 행복한 공유입니다. 제가 말하는 복지는 단순히 소외계층에 대한 '시혜(施惠)'나 '배려'만을 의미하는 게 아닙니다. 어디까지나 '모든 국민이 참여하는 공동체의 행복'이 이루어져야만 가능한 '참 복지'인 것입니다."

이게 무슨 의미일까?

2004년 17대 대통령 선거 때를 돌아보자. 당시 우파 후보인 MB는 '경제 대통령'이라는 구호를 내세웠다. 그리고 좌파에선 권영길 민주노동당 후보는 "여러분, 살림살이가 좀 나아지셨습니까?"라는 말을 유행시켰다.

우파와 좌파 후보가 모두 '경제 발전＋돈벌이'를 구호로 내세운 셈이다. 다만 차이가 있다면, CEO 출신의 MB는 기업의 돈벌이를 먼저 생각했고, 권영길 후보는 가정의 돈벌이를 우선했다는 점을 들 수 있겠다. 다시 말해 MB는 '기업이 돈을 많이 벌어서 경제 발전을 이루는 것'을, 권영길 후보는 '가정의 생활경제가 안정되고 윤택해지는 것'을 최고의 가치로 생각했던 것 같다.

박근혜의 생각은 바로 이러한 점에서 다르다.

기업이건 가정이건 '경제 발전＋돈벌이'의 궁극적인 목표를 '공동체의 행복'에 있다고 본 것이다.

특히 박근혜의 복지는 '생애주기별 맞춤형 복지'라는 새로운 패러다임을 제시하고 있다.

"여러 복지사업이 중복되거나 누수 되지 않게 전달체계를 바르게 하면 올바르게 예산을 쓸 수 있고, 자립·자활을 핵심으로 선순환 구조를 만들고 재정여건에 따라 복지의 우선순위를 정하면 한국형 맞춤 복지가 가능하다"는 것이 박근혜의 설명이다.

바로 그것이 생애주기별 맞춤형 복지이다.

2011년 11월 1일, 국회 도서관에서 열린 '국민중심의 한국형 고용 복지 모형 구축' 세미나에서 박근혜는 인사말을 통해 자신이 생각하는 '생애주기별 맞춤형 복지'를 상세하게 설명했다.

"양극화·고령화 사회 환경이 급격히 변화하고 있고, 청년 실업 문제 영세 상인들의 불황으로 국민이 겪는 어려움을 커지고 있지만 시스템이 갖춰져 있지 않지 않습니다. 성장과 복지가 선순환 할 수 있는 시스템을 만들어야 합니다. 그 고리가 고용복지이고, 바로 그 틀을 짜는 것입니다. 지원이 필요한 분들에 사각지대가 존재하고, 취약한 사람들이 도움을 받지 못하고 있습니다. 자립·자활을 유인할 자원이 부족하고, 칸막이 행정으로 중복과 낭비가 발생하며, 국민이 혜택을 받으려면 이 부처 저 부처를 뛰어야 합니다. 이 상황에서 나아갈 길은 사람에 대한 인적투자입니다. 이제는 거시지표보다 한 사람의 행복이 중요합니다. 국민 개개인이 꿈을 실현하고 발휘할 수 있도록 국가가 나서야 합니다. 고용률을 중심지표로 삼아야하는 것입니다. 특히 더 많은 국민들이 일을 통해 자아실현을 하고 국가발전에 참여시켜야 합니다. 고용률을 높이기 위해 일자리를 많이 만들고 고용복지에 대한 제도를 뒷받침할 수 있도록 분명한 원칙을 세워야 하는 것입니다. 무엇보다도 근로 능력이 없는 국민을 책임져야 하고, 일하고자 하는 국민이라면 실질적인 지원을 받을 수 있어야 합니다. 열심히 일하는 사람이 빈곤에 빠지지 않는 환경이 되어야 하고, 복지정책과 고용정책을 강화해야 합니다. 모든 교육 및 복지는 수요자 맞춤으로 전환해야 합니다. 이러한 원칙을 적용하면 고용보험, 직업훈련 등 복지 및 고용정책을 근본적으로 개선할 수 있을 것입니다."

이에 대해 박재완 기획재정부 장관은 다음과 같은 말로 공감을 표시했다.

"일할 수 있는 사람은 일을 통해 빈곤에서 벗어나도록 국가가 북돋워주고, 복지가 필요한 사람에게는 필요한 복지를 제때 제공하는 생애주기별 맞춤형 복지가 필요합니다. 또 재정 여력을 뛰어넘어 방만한 복지지출로 이어지지 않도록, 지속가능한 복지를 추구해야 합니다."

앞서 박근혜는 복지정책의 결정판인 사회보장법을 전면 개정키로 한 바 있다.

사회보장법 전부 개정을 추진하는 이유에 대해, 박근혜는 이렇게 설명했다.

"21세기 사회경제환경 아래에서 효과적이고 지속가능한 사회보장체계를 정립해 건강한 한국형 복지국가를 구축해야 합니다. 이를 위해 복지 패러다임을 전환하고 사회복지보장정책의 기본방향을 정립해야 합니다. 또 부처 간 흩어져 있는 중복·누락되는 사회보장정책들의 통합조정을 해야 합니다. 개정안은 현급급여 중심의 소득보장형 복지국가에서 생애주기별 사회안전망 구축으로 복지 패러다임을 전환하는 내용이 담겨 있습니다. 이렇게 되면 모든 국민은 보건과 교육, 주거, 고용 등 삶의 기본적 욕구에 대해 국가로부터 관련 서비스를 받을 수 있습니다. 특히 아동과 노인, 장애인, 여성 실업자 등 사회적으로 어려운 계층은 기본적인 사회서비스 외에 맞춤형 복지급여를 보충적으로 보장받을 수 있게 됩니다."

개정안은 특히 중앙정부와 지방정부간, 정부부처별로 흩어져 있는 사회보장 정책들이 통합되도록 규정을 신설한다.

이에 따라 지방정부는 중앙정부의 사회보장 장기발전계획에 기초해 지역사회복지계획을 수립하도록 하고, 사회보장정책의 주관 부처인 보건복지부 외에 타 부처가 소관하는 사회보장정책들을 도입·변경하려할 때는 반드시 주관부처와 사전에 협의하는 과정을 거치도록 했다.

뿐만 아니라 사회보장에 대한 주요 정책을 심의·조정하기 위해 기존의 사회보장심의위원회를 '사회보장위원회'로 격상하고, 사회보장제도의 신설이나 변경에 따른 우선순위를 조정하도록 했다. 아울러 위원회는 둘 이상의 중앙행정기관이 관련된 주요 사회보장정책의 조정 등의 업무를 담당하도록 했다.

그런데 여야 의원 122명의 서명을 받아 국회에 제출한 이 개정안, 이른바 '박근혜 복지법'은 국회통과가 되지 못한 채 진통을 겪다가 결국은 12월 임시국회까지 넘어오게 되었다. 여기서조차 처리되지 않으면, 2012년 총선 일정 등으로 인해 다시 정기국회를 열기가 현실적으로 불가능해진다.

'박근혜 복지법'은 박근혜가 2011년 2월 '사회보장기본법 전부개정안'을 대표 발의한, 한마디로 '복지 총론'이다.

국민들 사이에 점차 복지요구가 확대되고 있는 시대에 걸맞게, 개정안은 복지관련 기본 패러다임을 확정하는 것을 주요 내용으로 했다.

이 법안이 통과되면, 박근혜는 그에 따라 각론을 담은 법안들도 차례로 국회에 제출할 계획이었다. 그런데 무려 여야 국회의원 122명의 서명을 받아 국회에 제출된 이 법안이, 국회에서 지지부진 지연되다가 무산될 위기를 맞은 것이다.

이유는 한 가지, 민주당이 '박근혜 복지법'에 대해 발목을 잡은 때문이었다.

실제 민주당은 당 차원의 복지정책을 담은 법안을 제출하겠다며 병합 심사하자는 입장을 견지했다. 이와 관련하여 지난 7월 부랴부랴 전현희 의원이 대표 발의한 사회보장기본법 일부 개정안을 제출하기도 했다.

즉 '박근혜 복지법안'과 '민주당 복지법안'을 병합 심사해서 각 법안의 주요 내용을 발췌, 보건복지위원회에서 대안 복지법안을 만들자는 뜻이었다.

명분은 그럴 듯 해보였다.

하지만 그 의도가 미심쩍었다.

민주당은 '박근혜 복지법'이 국회를 통과할 경우, 차기 대선에서 화두로 떠오를 복지 이슈를 박근혜가 선점할 수 있다는 점을 우려했던 것 아닐까. 그래서 의도적으로 '지연전술'을 폈던 것 아닐까?

실제 두 개의 법안을 하나로 묶어서 국회를 통과할 경우, '박근혜 복지법'이라는 이름이 사실상 사라지게 된다.

하지만 민주당의 그 같은 전략은 결코 바람직하지 못하다.

국민에게 이익이 돌아가는 좋은 법안이라면, 누가 제출했는지 따질 것 없이 먼저 제출된 법안을 먼저 논의하는 게 순리 아니겠는가. 일이 되도록 하려면 말이다.

정파의 이익보다 국민의 이익을 우선한다면, 굳이 '병합심사'를 하자며 이 법안을 지연시킬 하등의 이유가 없는 것이다.

민주당은 혹시, 복지 확충을 바라고 있지 않는가?

겉으로는 '복지 확충'을 목청껏 외치면서도, 정작 필요한 법안에 대해서는 어째서 논의조차 하려 들지 않는가?

전국적인 '반 MB민심'에도 불구하고 민주당의 지지율이 올라가지 않고 있는 것은 민주당의 이런 이중적인 태도 때문일지 모른다.

민주당이 진정 국민의 사랑을 받고자 한다면, 먼저 국민에게 다가서는 모습을 보여야 한다.

물론 한나라당 역시 마찬가지이다.

박근혜가 선택한 복지론은 사실상 민주당의 복지론보다도 상당히 구체적이고 진보적이라는 평가를 받고 있다. 그런데 민주당의 발목잡기 때문에 법안이 지연되거나 무산될 경우, MB에게 향했던 국민의 분노가 민주당 쪽으로 방향을 선회하는 것은 시간문제일 것이다.

서울—평양 신뢰 구축하기

전문가들은 2012년 제18대 대통령 선거에서 예상되는 최대 이슈로 '복지' 와 '안보' 를 꼽고 있다.

따라서 현재 각종 여론조사에서 지지율 1위를 달리고 있는 박근혜의 복지정책과 대북정책에 전 국민의 이목이 쏠리는 것은 당연한 일이리라.

그런데 그동안 박근혜의 복지 정책은 공청회 등 여러 계기를 통해 국민들에게 그 방향이 어느 정도 알려졌지만, 대북정책에 대해서는 제대로 알려진 바가 없다.

민주당 등 야권에서 'MB의 대북정책과 다를 바 없을 것' 이라고 공세를 취하기도 한 것은 그래서였다.

과연 그럴까?

아니다.

강경일변도인 MB의 대북정책과 달린 '남북 간 신뢰구축' 을 재건하려는 박근혜의 대북정책에는 확연한 차별성이 존재한다.

박근혜는 미국의 외교 전문지인 〈포린 어페어스(Foreign Afffairs)〉 2011년 9 · 10월호에 '새로운 한국 : 서울과 평양 간 신뢰 구축하기' 라는 주제의 기고문을 게재했다.

기고문에서, 박근혜는 남북 관계에 대해 "한국이 안보 문제에서 강력한 입장을 유지하면서도 남북 간 신뢰를 재건하는 방안을 모색해야 한다”는 입장을 분명히 했다.

“우선 한국이 점차 증가하고 있는 북한의 파괴적 도발 행위를 더 이상 용인하지 않을 것임을 행동으로 증명해 보여야 한다. 그러는 한편, 북한에 대해 남북 관계에서 새로운 시작을 제안할 준비를 해야 한다.”

천안함·연평도 사건 이후 경색 국면에서 벗어나지 못하고 있는 남북관계의 변화 가능성을 예고하고 나선 것이다. ‘도발에 대해서는 강력 대응’ 하지만 ‘남북관계는 새로운 시작’ 을 해야 한다는 전략이다. 이는 북측의 도발에 대해서는 강력한 대응조차 하지 못하면서 남북관계만 악화시키는 MB의 대북정책에 대한 비판이기도 하다.

특히 박근혜는 강조했다.

“한국이 국제사회와 함께 북핵 폐기에 나서야 한다.”

그의 판단은 옳다.

북핵 폐기 문제는 사실상 국제사회의 공조 없이 남북 당자 간에 풀 수 있는 문제가 아니다.

그런데도 MB 정부는 출범 초기 ‘비핵·개방·3000’ 이라는 대북정책을 내놓았다.

북한이 비핵화를 실현하고 개방한다면 1인당 국민소득을 3000달러로 만들어주겠다는 내용이다. 여기에는 ‘북한이 남측 의도대로 따라오지 않을 경우, 남북대화는 물론 어떠한 지원도 않겠다’ 는 의미다.

하지만 '북한의 변화'를 선결 조건으로 내건 이 제안은 결과적으로 실패하고 말았다.

이 같은 대북 압박정책은 북한의 변화를 끌어내지 못했을 뿐더러, 오히려 북한으로 하여금 더욱 강경하게 대응하는 빌미를 제공했다.

박근혜는 이 '비핵·개방·3000'의 오류를 정확하게 인식하고 있는 것이다.

장기적으로 국가가 발전하려면 남북 간에 팽팽한 대립의 시대를 끝내고 '대화'와 '평화' 체제를 어서 마련해야 한다. 박근혜는 보수정당의 제1후보로서 대북강경책과 함께 평화와 대화라는 유연성을 동시에 갖추고 있는 셈이다.

김정일 사후, 박근혜의 대북정책은 더욱 주목을 받게 되었다. 특히 2007년에 박근혜가 제시한 이른바 '3단계 통일론'이 다시금 관심의 끌고 있다.

2007년 당시, 박근혜는 북핵 협상의 세 가지 원칙을 다음과 같이 제시했다.

"지금 한국이 당면한 도전 중에서 북한 핵문제는 우리 국민의 생명과 안전을 위협하는 최대의 도전입니다. 북한의 핵실험으로 고조되었던 한반도의 긴장은 한고비를 넘겼습니다. 그러나 핵문제의 궁극적 해결은 여전히 멀고도 험난합니다. 성급한 장밋빛 전망보다는 문제를 하나씩 풀어가는 신중한 자세가 필요합니다. 북한을 상대로 한 핵협상에서는 반드시 지켜야 할 세 가지 원칙이 있습니다.

첫째, 북한의 모든 핵무기와 핵 프로그램을 완전히 폐기해야 합니다.

한반도에 핵이 조금이라도 남아 있어선 안 되고, 핵을 가진 북한과는 결코 평화 공존할 수 없습니다. 여기에 못 미치거나 의구심이 남는 결과를 저는 결코 수용할 수 없습니다. 2·13 합의에 북한의 기존 핵무기와 핵물질에 대한 명확한 언급이 없어, 많은 국민들이 걱정하고 있습니다. 이러한 국민적 우려는 차기회담에 반드시 반영되어야 합니다.

일각에선 미국이 북한의 기존 핵무기를 사실상 묵인하고 핵확산을 저지하는 수준에서 북한과 타협하는 것이 아닌가 하는 의구심도 있지만, 저는 한반도 비핵화에 대한 미국의 의지는 확고하다고 믿습니다.

둘째, 핵협상의 성공을 위해서는 당근과 채찍을 적절히 사용해야 하고, 서로가 약속한 시간을 반드시 지켜야 합니다.

어려움이 있더라도 원칙을 지켜야 문제가 해결됩니다. 북한이 핵실험 후 6자회담에 복귀한 것도 유엔안보리의 제재 등 국제사회의 강력한 압박이 있었기 때문입니다. 또한 협상에는 적절한 시한(time frame)이 있어야 합니다. 시간을 끌수록 북한의 핵보유는 기정사실(fait accompli)이 될 가능성이 높습니다. 6자회담을 통해 북핵 폐기, 한반도 비핵화에 대해 목표연도를 마련하고, 제시할 필요가 있습니다.

셋째, 국제사회가 한 목소리를 내야 합니다.

지금 한국정부는 6자회담이 재개되자마자 대북지원을 서두르고 있습니다. 그러나 북한의 의도도 분명하지 않은 상황에서 성급하게 앞서갈 경우, 국제공조를 흩트리고 결과적으로 핵문제 해결을 더 어렵게 만들 수 있습니다. 2·13 합의의 핵심은 '행동 대 행동'의 원칙으로, 국제사회가 북측의 행동을 하나하나 확인해가면서 신뢰를 쌓고, 이를 바탕으로 궁극적으로 북한 핵을 폐기하도록 유도하는 것입니다. 우리는 6자회담 당사국들과 철저한 공조를 통해 북한을 한걸음씩 비핵화의 길로 끌어내야 합니다."

그러면서 박근혜는 한반도 평화와 3단계 통일방안을 다음과 같이 제시했다.

첫째, 평화 정착.

북한의 핵무기를 완전 제거하고, 군사적 대립구조를 해소하여, 한반도에 실질적 평화를 구축하는 것이다.

둘째, 경제 통일.

정치통일은 뒤로 미루고, 남과 북을 하나의 경제공동체로 건설하여, 작은 통일을 이루는 것이다.

셋째, 정치 통일.

정치적, 영토적 큰 통일을 실현하는 것이다.

정치적 통일에 성급하게 매달린다면 혼란을 초래하고 통일 비용만 커질 뿐이다. 경제통일을 통하여 한반도 민족공동체를 만들어 가면, 정치통일의 날은 저절로 우리 앞에 다가올 것이다.

〈포린 어페어스(Foreign Afffairs)〉에 실린 박근혜 기고문

1974년 8월 15일 광복절, 나는 어머니를 잃었다. 당시 퍼스트 레이디였던 어머니는 북한의 지령을 받은 암살자의 총탄에 희생되셨다. 그날은 나에게는 물론 모든 한국인에게 비극적인 날이었다. 당시에는 감당하기 어려울 정도로 큰 슬픔이었지만, 그날 이후로 나는 한반도에서 다시는 그런 비극이 되풀이되지 않고 평화가 정착되기를 원했고 또 그것을 위해 노력해왔다.

하지만 37년이 지난 오늘날에도 한반도의 갈등은 아직도 지속되고 있다. 오랫동안 계속되던 남북한의 긴장은 마침내 2010년 11월 심각한 위기 상황으로까지 발전되었다. 6·25전쟁 이후 최초로 북한이 한국의 영토를 포격해서 연평도의 군인들과 무고한 민간인마저 희생된 것이다. 그러나 그 사건이 있기 불과 2주전, 한국은 G20 정상회의를 성

공적으로 주최하였다. G8국가가 아닌 나라로서는 최초의
일이었다.

이 두 가지 사건은 한반도는 물론, 더 나아가 동아시아가
직면하고 있는 현실의 양면성을 극명하게 보여주는 것이
다. 한편으로 한반도를 둘러싼 안보 상황은 매우 불안정하
다. 북한에 의한 대량살상무기 확산, 동아시아 전역에 걸친
재래식 무기의 현대화, 그리고 강대국간 경쟁 격화의 조짐
등은 이 지역의 고질적인 안보딜레마를 보여주고 있다. 하
지만 또 다른 한편으로 흔히 '한강의 기적' 으로 불리는 한
국의 괄목할만한 발전은 중국의 성장과 함께 지난 십여 년
간 글로벌 경제를 견인해온 주요 요인으로 평가받고 있다.
이처럼 아시아에는 정보혁명, 세계화, 민주화 등과 같은 긍
정적인 추세와 역내 주요 세력들 간의 대립이라는 부정적
인 추세가 충돌하면서 함께 공존하고 있다. 이런 상황 하에
서 긍정적인 추세를 더욱 확산시키고 지역의 평화와 안보
를 증진시키기 위해, 아시아와 국제사회의 정책결정자들은
지금까지의 성공을 이룩한 정책수단들을 적극 활용하는 것
을 넘어서 더욱 대담하고 창조적인 접근을 시도해야 한다.
그러한 시도와 노력이 없다면 아시아에서 군사적 모험주의
만이 기승을 부리게 될 것이고, 그것이 초래할 비극적 결과

는 아시아를 넘어 전 세계에까지 영향을 미치게 될 것이다. 바로 이런 이유 때문에, 한반도에 신뢰와 지속가능한 평화를 쌓는 일은 아시아가 당면한 수많은 안보 과제들 중에서도 가장 시급하고 중요한 과제다.

왜 신뢰외교인가?

신뢰의 부족은 오랫동안 남북한 사이의 진정한 화해를 어렵게 만든 기본적인 요인이다. 그나마 얼마 안 남아 있던 최소한의 신뢰마저도 북한의 천안함 폭침과 연평도 포격으로 사실상 사라졌다. 게다가 북한은 우라늄 농축프로그램(UEP)을 추진하고 있음을 공개적으로 밝혔다. 이것은 북한이 2005년 6자회담의 9·19 공동선언 등에서 합의한 우라늄 농축 금지와 핵무기 프로그램 포기에 대한 약속을 정면으로 위반한 것이다.

손뼉도 마주쳐야 소리가 난다는 한국 속담이 있다. 마찬가지로 남북한 사이의 평화 역시 공동의 노력 없이는 불가능하다. 반세기가 넘도록 북한은 국제적 규범을 노골적으로 무시해 왔다. 한국은 당연히 북한의 도발에 단호하게 대응해야 한다. 그러나 동시에 남북관계 개선을 위한 새로운 가능성 또한 열어놓아야 한다.

현재 남북한 사이의 신뢰가 최저 수준에 놓여 있다는 사실은 역설적으로 한국이 신뢰를 새롭게 재구축할 기회라는 점을 의미한다. 한반도를 끊임없는 갈등의 공간에서 신뢰의 공간으로 변화시키기 위해서는, 국제적 규범에 근거하여 남북한이 서로에게 기대하는 바를 이행하게 만드는 '신뢰외교(Trustpolitik)'가 필요하다.

신뢰외교는 검증이 전제가 되지 않은 무조건적이고 일방적인 신뢰를 의미하지 않는다. 또한 지금까지 북한이 저지른 수많은 위반사항을 망각하고, 다시 새로운 인센티브로 보상해주는 것을 의미하지도 않는다. 신뢰외교는 두 개의 원칙에 기초한다. 첫째는 최소한의 신뢰 구축을 위해 북한은 한국 및 국제사회와 맺은 약속을 반드시 지켜야 한다는 점이다. 둘째는 평화를 파괴하는 행동에 대해서는 확실한 대가를 치러야 한다는 점이다. 진정한 평화와 안정을 구축하기 위해, 신뢰외교는 단지 정치적 편의에 의해 다음 단계로 넘어가는 것이 아니라 검증할 수 있는 행동에 근거하여 다음 단계로 하나씩 넘어가면서 적용되어야 한다.

적대적 관계에 있던 국가들 사이에서 신뢰를 구축한 경험은 과거에도 있었다. 1970년대 미국과 중국은 뿌리 깊은 상호 불신을 극복하고 관계를 정상화 했다. 이집트와 이스

라엘 역시 신뢰구축 과정을 거쳐 1979년 평화협정을 체결하였고, 이는 올해 초 발생한 이집트의 체제전환에도 불구하고 전체 중동 지역의 안정을 유지하는 핵심적인 역할을 했다. 1950년대 유럽 국가들 또한 반세기에 걸친 불신과 전쟁을 극복하고 훗날 유럽통합으로 발전해 나가는 기반을 닦았다.

비록 아시아의 문화 · 역사 · 지정학적 환경이 다르긴 하지만 이러한 사례들, 특히 유럽이 공유하고 있는 화해의 경험은 아시아가 배울 수 있는 소중한 교훈이다. 무엇보다도 아시아 국가들은 날로 가속화되고 있는 군비 증강의 속도를 늦추고 이 지역의 심각한 군사적 긴장을 줄여야 한다. 또한 양자외교를 보완하는 동시에 역내 세력들 간 지속되어 온 긴장을 공동으로 해결하기 위한 협력적 안보 레짐을 발전시켜야 한다. 뿐만 아니라 동아시아의 안보 이슈를 논의하기 위해 27개국이 참여하는 공식 협의체인 'ARF', 공동의 정책관심을 조정하기 위한 '한중일 정상회의', 'APEC', 그리고 미국과 러시아가 새로이 참여하는 동아시아 정상회의 등과 같은 아시아의 현존하는 다자주의를 더욱 더 강화해 나가야 한다.

이러한 노력들이 모두 합쳐지면 더욱 활발한 아시아 안보

네트워크가 형성되고 결과적으로 한반도의 신뢰와 안보에도 기여하게 될 것이다. 물론 이러한 노력이 성과를 거두기까지는 오랜 시간이 걸릴 것이다. 하지만 남북한과 다른 아시아 국가들이 성공적으로 신뢰구축방안(CBMs)을 제도화할 수 있다면, 아시아에서도 정치·경제적인 협력이 군사·안보적 경쟁을 극복할 수 있는 가능성이 확대될 것이다.

북한을 국제사회의 일원으로 편입시켜야 한다.

한반도에 신뢰외교를 실현하기 위해서 한국은 지금까지의 대북정책을 새롭게 발전시켜야 한다. 역대 한국 정부들은 대북정책을 강온 기조를 오가며 전개하였다. 남북한 사이의 타협과 연대를 강조하는 사람들은 북한을 지속적으로 지원하면 북한이 호전적 대남 전략을 버릴 것이라는 입장이었다. 그러나 그것은 지나친 희망이었고, 수년간의 시도에도 근본적 변화는 일어나지 않았다. 반대로, 지속적인 압력을 강조하는 사람들의 경우도 마찬가지였다. 압력을 통해 북한을 의미 있는 방향으로 변화시키지는 못했다.

이제는 새로운 정책, 즉 '균형정책(Alignment Policy)'이 필요한 시점이다. 균형정책은 국민 대다수의 공감대를 바탕으로, 정권이 바뀌거나 예기치 못한 국내외적 사건이 발생하더라도 기본 틀이 흔들리지 않고 일관성을 유지하는 정책이어야 한다. 균형은 단순히 강경과 유화의 중간적 입장을 취하는 것이 아니다. 균형정책은 남북한 간 '안보'와 '교류협력' 사이의 균형, 그리고 '남북대화'와 '국제공조' 사이의 균형을 의미한다. 단호한 입장이 요구될 때는 더욱 강경하게 대응하고, 동시에 협상을 추진함에 있어서는 매우 개방적인 접근방법이다. 예를 들어, 만약 북한이 또 다시 군사도발을 감행한다면, 한국은 북한이 도발의 대가를 깨달을 수 있도록 즉각적으로 대응해야 한다. 반대로 만약 북한이 남북한 및 국제사회와 맺은 지금까지의 약속들을 지키려는 진정한 협력의 자세를 보인다면, 한국은 그에 걸맞은 행동을 보여야 한다. 이러한 과정을 거쳐 시간이 흐르면서 균형정책은 신뢰외교를 더욱 강화하게 될 것이다.

균형정책을 실천하기 위해서 한국은 먼저 북한의 점증하는 폭력적 행동을 더 이상 묵과하지 않겠다는 강력하고 신뢰할만한 억지적 자세를 취해야 한다. 군사적 도발과 핵 위협으로는 오직 가혹한 대가만을 치룰 것이라는 점을 분명히 보여줘야 하는 것이다. 이와 같은 접근이 비록 새로운 것은 아니지만, 현재와 같이 도발이 반복되는 상황을 타개하기 위해서는 단호한 접근이 과거보다 더욱 분명하게 강조되어야 한다.

특히, 북한의 핵개발 프로그램을 폐기하기 위해서 한국은 국제사회와의 협조체제를 더욱 강화해야 한다. 어떠한 상황에서도 한국은 핵으로 무장한 북한을 용인할 수 없다. 국제사회에 대해서도 북한의 핵무장은 매우 심각한 위협이다. 북한이 핵탄두를 탑재할 수 있는 장거리 미사일을 개발할 위험이 있을 뿐만 아니라 핵 기술 및 관련 물질을 해외에 이전할 우려가 있기 때문이다. 따라서 신뢰할만한 억지, 끊임없는 설득, 그리고 더욱 효율적인 협상 전략 등을 적절히 조합하여 한국과 국제사회는 북한이 핵무기 없이도 생존할 수 있고 경제적으로 더 나아질 수 있다는 점을 깨닫게 만들어야 한다. 만약 북한이 추가 핵실험을 감행한다면, 한국은 동맹인 미국은 물론 국제사회의 주요 파트너들과 협의해서 모든 가능한 정책수단을 고려해야 할 것이다.

한국은 국제사회와 함께 북한의 군사주의와 핵개발에 단호히 대처해야 하지만, 동시에 북한이 새롭게 시작할 수 있는 기회를 제공해야 한다. 신뢰는 상호 이득을 통해 점진적으로 구축되는 법이다. 예를 들어 경제협력 증진을 위한 공동 프로젝트, 투명한 인도주의적 지원, 그리고 무역과 투자에 있어서 새로운 기회의 창출 등이 좋은 수단이 된다.

지난 2002년, 나는 평양에서 북한의 김정일 위원장을 만나 유라시아 철도 프로젝트를 포함해 다양한 분야에 대해 대화를 나누었다. 유라시아 철도 프로젝트는 6·25전쟁 이후 단절된 한반도 종단철도를 다시 연결하고 이를 시베리아 횡단철도 및 중국 횡단철도와 연결하는 사업이다. 만일 철도가 연결되면 이는 남북한 공동 발전과 평화가 가능하다는 것을 입증하는 것이다. 나아가 이러한 횡단철도가 중국의 동북 3성 및 러시아 극동지방으로 연결된다면 이들 지역의 경제발전을 촉진할 것이고, 한반도를 역내 무역의 중심기지로 변모시킬 수 있을 것이다. 비록 그 이후 조성된 긴장으로 인해 추가적 논의는 미뤄지고 있지만, 만약 북핵 문제에서 가시적인 성과가 도출되는 경우 남북한 간의 신뢰안보 구축을 위한 수단으로서 철도연결 프로젝트 논의를 다시 시작할 수 있을 것이다.

한반도에서 이러한 노력들이 성과를 거두기 위해서는 국제사회의 도움이 필요하다. 우선 한국의 핵심 동맹인 미국은 북한의 책임 있는 행동만이 생존을 보장하고 주민들의 삶을 개선할 수 있다는 점을 한국과 함께 한 목소리로 북한에게 분명히 전달해야 한다. EU는 비록 6자회담 회원국은 아니지만, 그들의 지역협력 경험을 통해 한반도 평화 구축에 기여할 수 있다. 아시아 국가들은 세계 최대의 정부간 안보기구인 유럽안보협력기구(OSCE)의 모델을 토대로 협력적 안보에 대한 유럽의 경험을 아시아에 적용하는 방안을 강구할 수 있을 것이다. 안보와 경제협력을 함께 도모하는 OSCE 프로세스는 동북아에도 적용될 수 있다. 즉, 북한이 변화할 경우 상당한 경제적, 외교적 이익을 얻을 수 있다는 것을 동북아 국가들 차원에서 보장해 준다면, 북한 지도자에게 핵무기 없이도 생존할 수 있다고 안심시킬 수 있을 것이다.

중국은 북한의 변화를 촉진하는 데에 중심적인 역할을 담당할 수 있다. 북한에게는 중국이 핵심적인 경제 후원국이자 안보 동맹국이기 때문이다. 북한의 개혁을 유도하고자 하는 중국의 노력은 미중관계가 얼마나 협력적이냐에 따라 영향을 받을 것이다. 미중관계가 발전하면 발전할수록, 북한의 비정상적 행태는 미국과의 관계 증진을 희망하는 중국의 입장을 더욱 어렵게 만드는 결과를 낳는다. 반대로 미중관계의 긴장은 북한으로 하여금 미국과 중국을 상대로 외교게임을 시도하게 만들어 결국 북한의 비타협적인 태도 만을 강화시킬 것이다.

미국과 확고한 동맹관계를 유지하면서도 중국과는 전략적 동반자관계를 가지고 있는 한국으로서는 한반도의 안정 증진을 통해 미중관계의 발전에 중요한 역할을 담당할 수 있을 것이다. 남북한의 신뢰 구축은 더욱 협력적인 미중관계를 만드는데 기여하고, 또 이것이 더욱 긍정적인 남북관계로 이어지는 선순환 관계를 유도하게 될 것이다. 북한으로서는 북중관계의 특수성을 바탕으로 중국에 대한 경제ㆍ외교적 의존을 지속해 나가려 하겠지만, 북한이 동북아와 한반도의 안정을 계속 위협할 경우 중국 역시 점차 높아지는 국제적 위상과 미국과의 유대관계를 고려할 때 북한에 대한 무조건적인 지지를 계속할 수는 없다. 따라서 중국으로부터의 지원이 영원할 수 없다는 점을 깨닫는다면, 북한도 결국 국제사회의 책임 있는 일원으로 참여하는 선택을 할 수 있을 것이다.

올바른 선택을 위하여 무엇을 해야 하는가.

올바른 선택을 위하여 무엇을 해야 하는가.

경제적 번영과 군사적 긴장이라는 한반도의 이중적 현실은 지난 60여 년간 공존해 왔다. 전쟁과 암담한 환경의 한가운데서 한국은 미국과 국제사회로부터 막대한 지원을 받았고, 그러한 지원은 한국의 경제성장과 민주화의 밑거름이 되었다. 한국은 급속히 성장했으며, 2009년에는 과거 저개발 상태의 원조 수혜국가에서 개발지원 공여국으로 변신한 최초의 OECD 국가가 되었다. 한국은 비핵화 원칙을 준수하고, 대량살상무기 확산 방지에 적극 동참하면서, 아프간 재건노력과 아프리카 동북부의 해적소탕 작전과 같은 글로벌 구상에 더욱 더 기여하는 국가가 되었다. 국제사회와 한국 사이의 지속적인 신뢰가 한국의 발전을 견인해 온 것이다.

북한의 경우에 있어서도 이와 같은 성과를 거두기 위해 한국은 '신뢰외교'와 '균형정책'을 추진해야 한다. 남북한 사이의 첨예한 대결이 남긴 자취가 극복될 수 있다면, 한반도는 협력과 번영의 중심지로 등장할 수 있을 것이다. 북한이 핵무기를 포기하고 평화 증진을 위한 노력에 동참한다면, 북한은 남한과 함께 특별경제구역 설정, 인적·물적 자유왕래 등을 통한 경제적 협력을 강화할 수 있고, 세계은행과 같은 국제기구로부터 개발 지원을 받을 수 있으며, 해외 투자를 유치할 수도 있을 것이다. 그러한 변화와 발전은 한반도에서 지속적인 평화를 건설하는 데 크게 기여할 것이고, 이는 나아가 통일을 촉진하는 한편 동북아의 경제 및 안보 협력을 제도화하는 데 기여할 것이다. 하나로 통일된 민주주의 한국은 동북아 지역에 있어서 경제적으로는 물론 안보적으로도 귀중한 자산이 될 것이다.

많은 사람들은 다가오는 미래에 한반도가 점차 더욱 커다란 불확실성에 직면하게 될 것이라고 이야기한다. 그러나 한국인들은 역사적으로 위기를 기회로 바꿀 수 있다는 것을 증명해 왔다. 1960년대와 1970년대 한국은 급속한 산업화를 통한 성장의 길을 선택하였다. 1990년대에는 냉전 시기 소원한 관계에 놓였던 중국, 러시아, 그리고 동유럽 국가들과 외교 관계를 확대해 나갔다. 지난 10년 동안에 한국은 아시아에서 가장 생동감 넘치는 민주주의 국가의 하나가 되었다. 이제 한국은, 한국이 걸었던 것과 같은 길을 북한도 따를 수 있도록 미국 및 국제사회와 함께 노력할 준비가 되어 있다.